우리가 머물다 간 자리

강기수 시집

우리가 머물다 간 자리

생각나눔

2번째 시집을 내면서

지난날을 돌아보면 30년도 넘은 아득한 세월의 결실입니다. 국문학과 동아리에서 시 쓰기를 시작하게 되었는데 그때 지란(芝蘭)의 시집 출판에 15명의 동아리 회원의 글 속에 저도 낙엽이란 시를 처음 실었습니다. 사 년 전 월간 시 잡지사에서 공감 시인상을 수상하면서 비움과 채움으로 첫 시집을 출판했습니다.

이번 두 번째 시집 출판은 인간의 고귀함과 존엄성을 생각하며 인간이 전쟁과 재난 질병과 사고로 죽어가며 고통과 슬픔 속에서 비참한 생을 살아가야 하는 현실의 역경을 보면서 겸손한 마음으로 이웃의 아픔을 공감하며, 사랑의 마음으로 기쁨보다 사명감으로 가슴 뭉클함이 새삼 되살아납니다.

머나먼 타향에서 이른 아침부터 밤늦게까지 생존의 전쟁과도 같은 주경야독의 오랜 세월을 살면서 병으로 고통 속에서 울부짖었던 과거 생활을 회상해보며, 희로애락(喜怒哀樂)의 생 속에 희망과 절망 속에서 생의 목적이 무엇일까를 사색하면서 생로병사(生老病死)의 인생(人生) 한계 앞에서 사는 사람들에게 어떠한 영향을 줄 수 있을까를 사색해보며, 독자들의 마음에 사랑의 씨앗을 정성으로 심는다는 마음으로 희망과 감동을 줄 수 있는 시를 쓰기 위해 하늘 우러러 기도하며 인생 의미를 시로 정리해 보았습니다.

인간은 먹이사슬 고리의 동물의 숙명의 생이 아닌 만물의 영장으로 만물을 다스리며, 생을 위해 필요한 것을 취하며 고귀하고 존엄한 존재로서 인간의 생명은 평등하게 모든 사람이 존엄한 존재로 존중받아야 하는 영적 존재로서 사랑으로 공생할 때 합력하여 인간의 최고선인 평화를 이루며, 존엄한 존재로서 인간의 가치를 누리며 사는 것이 하늘의 뜻으로 믿고 전범자와 독재자 인간의 살생은 인간의 고귀함과 존엄성을 무자비하게 짓밟은 추악한 범죄로서 인류사회에서 있어서는 안 될 만행으로 마땅히 심판받아야 할 일이라고 생각하며, 그 만행을 시를 통해 고발하며 또다시 그런 범죄가 다시 일어나는 것을 예방하기 위해 저의 적은 힘이지만 최선을 다해 생명에 대한 고귀함과 존엄함의 존재를 지키기 위해 켜져가는 생명의 불씨를 지피는 데 적은 불쏘시개라도 보태는 삶이 되었으면 하는 마음으로 인간의 최고선인 평화가 지구촌에 정착되는 일에 적은 도움이라도 될 수 있다면 그 일이 시를 쓰는 목적이 되기를 소망합니다.

　지구촌이 평화를 누리며 인간의 존엄한 가치를 함께 누리며 살기 위한 일에 눈물을 흘리며 평화의 씨앗을 뿌리는 일에 동참하여 평화가 이루어지길 소망하며, 인간 죄악의 속된 욕망을 현명한 지혜로 사랑의 마음으로 바꿀 수 있도록 마음에 감동을 주는 시를 쓰려고 노력하겠습니다.

　고난과 슬픔 번뇌의 생활 속에서도 희망을 갖고 인내와 노력으로 기도하면서 살아가는 생은 꿈을 이루어 주리라는 믿음을 갖고 지구촌의 사람들이 사랑으로 평화를 향해 생의 열정을 불태우며, 함께 눈물을 흘리며, 씨앗을 뿌리면 기쁨으로 단을 거둘 것을 믿으며, 인간의 고귀한 존엄성을 짓밟고 인간을 살상하고 있는 지구촌의 전범자와 독재자는 탐욕의 욕망을 버리고 인간의 존재를 바로 알고 지혜와 사랑으로 지구촌의 공동체가 인간의 최고선인 평화를 이루어 존엄한 존재로서 인생의 가치를 함께 누리며 살아가길 하늘 우러러 기도하며 시를 씁니다.

2부 · 나의 노래

3부 · 사랑의 힘

1부

무성한 여름

가혹한 여름

장마 속 폭우 백 년 만의 기록적인 비
대한민국 물바다로 변한다
둑이 무너지고 물이 대지로 범람하고
산도 무너져내린다

사람과 가축 농경지도 매몰되고
강물은 땅의 모든 것을 집어삼킨다

망연자실한 수재민(水災民)들
슬픔과 아픔의 통곡도 멈춰버린 참담한 현실

온몸
빗물에 슬프게 젖어든다

코로나 19 창궐의 아픔 속
폭우의 재난은 죽음과 절망에 빠진 생명에게
더욱 비참한 참사를 불러온다
슬픔으로 멍든 가슴을 더 아프게 두드린다

슬픔에 젖은 몸과 영혼
뜨거운 햇볕에 말리고 싶은 가혹한 여름

땀 흘리며 재난의 이웃을 돕는 사람들
애통하는 슬픔의 눈물 닦아 준다

침묵 속에 가슴으로 울며 생존 위해
몸부림치는 수재민들

통곡하며 하늘 우러러 두 손 모은다
하늘이시여 비를 멈춰주시고 생명 살려주소서

가족사진

웃고 있는 가족의 모습
많은 시간이 흘렀어도 변함없는 사진 속
가족의 모습
부모 형제 그리울 때 가끔 보는 가족사진

배고팠던 시절 허리끈 졸라매며
새벽부터 들에 나가 씨 뿌리고 김매어
수고와 정성으로 수확한 곡식
삼십 리 길 고향 장터 길 멀다 않고
머리에 이고 어깨에 짊어지고
땀 흘리며 아픈 허리 손으로 달래며
장터에 팔아 자식 생활용품 사준 부모

성장한 자식들 제 살길 찾아 객지로 떠나가고
아버지 먼저 하늘나라 가시고
홀로 외롭게 살아가신 어머님

비 오고 눈 내리는 엄동설한에도
새벽마다 장독대에 정화수 떠놓고
군대 간 자식 객지로 나간 자식 무사하기만
하늘에 간절히 빌던 어머니의 정성과 사랑

당신의 몸 촛불처럼
자식들 위해 불태운 부모님

부모님 사랑
밤하늘 별 되어
어두운 밤 자식들 발길 밝게 비춰준다

나도 부모 되어 자식 키워보니
부모의 마음 조금은 알 것 같아
그리운 부모님 모습 눈에 어린다

하늘이시여
부모님 슬픔과 고통 없는 행복한 나라에서
영생 복락 허락하소서
하늘 우러러 두 손 모은다

그 옛날 장터

오랜만에 찾아온 고향 장터

닭과 오리 고등어 낙지 콩과 야채 쌀과 보리
제 몸값 내놓으며 새 주인 기다린다

모닥불에 둘러앉은 이웃들
오랜만에 만난 반가움으로
오가는 술잔에 익어가는 인심
세상살이 고단함이 비틀거린다

바싹 마른 골목마다 연민의 정 서려 있다

장터에 펼쳐놓은 좌판에서 애절한 노랫소리
장터에 울려 퍼지고

고무로 하반신을
묶은 몸 온 힘 다해
손수레 밀고 장터 골목마다 누비고 다닌다

손수레에서 흘러나오는 찬송가 소망 싣고
바람 타고 허공으로 날아오른다

동전 몇 잎 댕그랑
소리 내며 통에 떨어진다

국수 한 그릇에 어린 동심이 자랐던 곳
한 사발 막걸리가 옛날을 부른다

산들바람은 사람 냄새 온 장터에 날리고
부모님 손잡고 훨훨 날아다니던 그곳

지금도 변함없이 골목마다 연민의 정 서려 있다

고개 넘고 강을 건너

어깨에 보따리 메고 고개를 넘는다
어둠이 날 둘러싼다

갈 곳은 없고 산 짐승은 울고
머리카락은 쭈뼛쭈뼛 서고
발걸음은 그 자리에서 움직이지 않는다

추위는 맹수처럼 달려들고 바람은 곡소리를 낸다

어느 행상집이 손짓을 한다
예쁘게 단장한 상여 하나가 살고 있다
기절할 것 같았는데
아침에 일어나니 상여와 단둘이
그 두껍고 까만 밤을 동침을 했다

새로운 길 떠나려는데
옴짝달싹 못 하게 내 걸음을 잡는
저 발신자도 모을 무서움
살아남기 위해서 이곳을 탈출해야 한다
나를 놓아주지 않은 공포 몸부림을 친다

사력을 다한다
공포의 사슬이 끊어진다
빠른 걸음으로
그곳을 빠져나온다

고향의 저수지 둑

마을 앞 저수지 둑
동네 아이들 놀이터

잔디와 잡초가 어우러진 넓고 긴 둑
마음껏 뛰놀았던 놀이터
둑 정상에서 한번 세게 구르면
둑 밑까지 눈 깜짝할 사이에 도달한다

저수지 정상 긴 둑은 달리기 시합의 길
모래 씨름판은 마음껏 힘겨루며 동네 장사 뽑는다
말 등 따기, 철봉에 오래 매달리기, 턱걸이 시합
시간 가는 줄 모르고
흥에 겨우 뛰놀았던 어린 시절 놀이터

어둠 밀려오면 어머니의 근심 어린 목소리가
메아리를 타고 온다
흥겨움의 아쉬움 뒤로하고 집으로 향했던 추억

아이들이 떠나버린 놀이터
왜 이렇게 작아졌을까
무성한 잡초만이 놀이터의 둑을 휘어 감았다
지금도 변함없이 그 자리에서 고향 손님 반긴다

어린 날 추억 동심의 시절
내 앞으로 걸어 나온다

가을의 향기

봄부터 생의 열정을 불태운 생명들
봄과 여름의 비바람의 모진 풍파와
뜨거운 태양 아래 꽃피우고
가을 하늘 아래 알알이 열매 맺었다

산통을 터트리는 가을의 풍요로운 향기
산들바람에 실려 온 땅에 뿌려진다

산들바람
대지에 생명 씨앗 심는다

하늘의 섭리와 자연의 순리로
봄이 오면
새로운 생명 잉태하리라

군남댐

군남댐 바라보며 강변을 걷는다
바람에 한들대며 흔들리는 코스모스
군남댐의 내력을 알고 있을까

둑 밑에 강태공들
북한에서 강물 예고 없이 방류할 때
대한민국 국민의 목숨 보호하기 위해
건설했다는 군남댐

강태공과 강에서 물놀이하던 국민
갑자기 불어난 강물에 죽어갔던 기억

강물에서 먹이를 찍어 올리는 철새들
자유로이 38선을 넘나들건만
혈육은 백발이 되어도 묶여있다

이념이 총칼 겨누며
원수로 살아가는 대한민국

남과 북의 부모 형제 손잡고
평화의 노래 부를 그 날을
임진강아, 너는 알고 있느냐

이산가족들 한(限)을 안고
오늘도 세상을 떠나가고 있는 부모 형제
하늘에서 영면에 들지 못하고
평화통일의 그 날을 지켜보고 있다

꽃 편지

오월 어느 맑고 따뜻한 봄
훈련소에 입소했다
긴장되고 고달픈 훈련소 생활
하루의 시간은 길게 느껴진다
어느 날 소녀에게서 꽃무늬 편지가 왔다

고등학교 자취 생활 시절
소녀의 집에서 자취를 했다
소녀의 아버지와 말다툼할 때
희미한 가로등 담장 밑에서 그 모습을 바라보던 눈
눈빛이 슬퍼 보였다

비 오는 날 밤
술을 끌고 비에 젖어 대문에 들어섰다
아버지에게 사죄를 빌고 돌아서는 나에게
고맙다는 수줍은 소녀의 말
잊고 무심히 지냈는데 기별이 왔다

가로등 나뭇잎 사이로 떨어지는
영롱한 빗방울 바라보며 편지를 읽는다
메마른 땅에 단비가 되어 내 마음 적셔준다

훈련소 생활
매일 보내온 안부 뭉치는
힘들고 서러움을 달래주었다

삶에 지친 몸
한 잔 술로 소녀와의 지난날을 그려보며
하늘 우러러 소녀의 행복을 빈다

꿈속에 찾아온 친구

하늘나라로 떠나간 친구
초라한 모습으로 꿈속에 찾아왔다
밥을 안주 삼아 말없이 술잔 비우고
손 흔들며 멀어져간다

고아 되어 친척 집에 맡겨진 친구
외로움 속에 고단한 한평생 마치고 떠나갔다
아내 먼저 하늘나라로 떠나보내고
어린 자식들 남겨두고 떠나간 친구
애절한 마음으로 영생 복락 빌었다

매서운 바람이 불던 추운 겨울
땔감 찾아 산에 올랐던 어린 시절
시린 손 비비며 서로 의지하고
위로하며 지냈던 시간들
술잔 주고받으며 허심탄회하게
고단함과 외로움을 달랬던 친구와의 추억

자식들 못 잊어 꿈속에 찾아왔을까
나의 무정(無情)함 서운해서 말없이 떠나갔을까

자식 찾아 소식 물었다

잘 지내고 있다고
결혼적령기가 찼는데 미혼이란다

밤하늘 빛나는 별 하나 친구일 것 같아
손짓으로 자식들 안부 전한다

낙엽

나뭇가지에 매달려 바람에 춤추는 단풍
석양을 품에 안고 눈부시게 빛난다

이른 봄비와 따뜻한 태양 당겨
싹을 내고 바람에 몸 말리며
열정으로 불태운 붉은 단풍

대지에 맑은 산소 토해내어
탄산가스 마음껏 들이마시며
생명 키워내고 후손의 씨앗 땅에 심는다

마음 비워
아름다운 몸 땅에 뿌린다

또 다른 생명의 거름이 되어가는 낙엽

황혼의 생

아쉬움일까
외로움일까
그리움일까
기쁨일까

생의 끝자락
숭고한 사랑
아름답고 위대하다

보고픈 자네

함께 했던 지난날이 늙어가네
자네가 나를 버리고 떠난 지도 10년
논두렁 밭두렁서 소 꼴 뜯고
뒷산에서 땔감을 함께 했던 수많은 날

어느 날 손 잡고 가출해 미래의 희망을 꿈꾸던 날
오늘따라 그 날들이 내 앞에서 춤을 추네

약속을 버리고 홀로 떠난 자네
젓가락은 한 짝으로는
아무 쓸모가 없다는 걸 아는가, 자네

영정의 사진틀 속에 까맣게 갇혀 웃던 자네
영안실 컴컴한 곳에 누워있었던 날
자네는 웃고, 남아있는 나는 울었네
그런데 자네, 그때 이후 나는 허허 웃고 사네

자네를 땅에 묻고 온 후
하늘이 맑거나 비가 오거나 추워져도
그냥 허허 웃고 산다네

보고픈 친구
훗날 우리 하늘의 별 되어
다시 만나 영생 복락 누리며 살아가세

늦가을 오후

늦가을 오후 한적한 오솔길
봄부터 생의 열정 불태운 나무들
봄과 여름 뜨거운 태양과 비바람의
모진 풍파 견디고
잎 피우고 꽃피어 따뜻한 가을 하늘 아래
알알이 열매 맺었다

산통을 터트리는 가을의 풍요로움
산들바람에 실려 온 대지에 풍요로운 향기 뿌린다

시냇물은 여름의 거친 숨소리 성숙하여
작은 소리로 속삭이듯 흐른다

앙상한 나뭇가지마다 싸늘한 바람에
울림으로 떨고 있다
발에 밟히는 낙엽의 미세한 울음소리
혹한 겨울을 살기 위해 차가운 바람 불 때마다
땅속 깊이 뿌리 내리는 나무들

매서운 겨울 한파
진혼곡의 매서운 눈보라를 인내하며
봄날 새로운 생명의 잉태 꿈꾸며

새로운 생명의 거름이 되어가는 낙엽

생의 끝자락
그의 숭고한 사랑
아름답고 위대하다

돌아온 불나방

밤새도록 가쁜 숨 토해내며
산천(山川)을 가로질러 어둠 가르며
밤새 달린 기차 고향역에 멈춘다

집 나가면 고생이다 애절하게 만류하던 어머니
어머니의 손 뿌리치고 화려한 도시로 떠난 불나방
세상 거대한 마취실 속에서 갈팡질팡 살아온 수년의 세월
다시 밟아본 고향 땅 설렘과 감회가 밀려온다

모교였던 초등학교 정겨운 모습 닿아온다
운동장에 함께 뛰놀았던 아이들 반갑다 손짓한다

등굣길 빨강 노란 하얀 코스모스와 천일홍
석양 품에 안아 황홀하게 빛난다

시냇물 변함없이 생명 잉태하고 키우며 조용히 흐른다
허름한 주막 내 발길 집 안으로 끌어당긴다
어린 시절 어른들 한잔 술로 삶의 시름을 달랬던 곳
나도 한잔 술로 추억 더듬어본다

바구니에 벼 이삭 따 담았던
어머니와 추억의 논 황금 물결 일렁인다

비가 오나 눈이 오나 새벽마다 장독에 정화수 떠 놓고
자식 무사하기만 간절히 빌었던 어머니의 새벽기도

어머니의 간절한 기도 숨 쉬는 땅
고향 땅에 내 넋을 박는다

그윽이 피어오른 한 떨기 맑은 영혼
고향의 하늘로 날아올라
빛나는 별 되어 고향 땅 영원히 밝게 비추도록
하늘이여 도와주소서

머리 잘린 가로수

가로수 옆
줄지어 달리는 자동차
수많은 매연 품어내며 달린다

지난 늦가을
사람의 손에 톱과 가위로 무참하게 잘려나간 가지
가지가 떠난 자리마다 상처가 동그랗게 눈뜨고 있다
매서운 추위가 상처마다 동그랗게 서리 내린다

신록의 계절
상처에서 싹이 나고 잎이 피고 꽃이 핀다
향기를 날려 벌과 나비 불러들인다

매연을 마시고 자란 가로수
겨울의 어두운 창문을 열고
매연을 힘껏 들이 마시고
산소 힘껏 뿜어낸다

매연을 다 마시고 맑은 숨을 내쉬는
저들의 폐는 연필심처럼 새까말 것이다

산소를 품어내는 가로수
인간에게 생명수를 선물하는 귀하고 아름다운 존재

사춘기 소녀(思春期少女)

이상을 향해 싹 터 오르는 사춘기 자존감일까
솔직하고 담대한 사춘기 꿈의 소녀

한줄기 빗방울에 몸을 씻은 꽃잎처럼
작은 음성에도 민감한 반응

손 놓으면 깨질세라 놓지 못한 부모의 손
만지면 터질 것 같은 꽃망울의 소녀

가족의 손 뿌리치고 기상하려는 사춘기 예민한 반항
밤늦은 시간 딸 기다리며 마음 졸이는 애타는 부모
딸에게 걸어둔 희망 수렁의 깊은 늪으로 빠져들까
마음 졸이며 잠 못 이루는 부모

발은 땅을 딛고도 눈은 하늘의 별 바라보며
꿈을 향해 날아오르려는 사춘기 소녀

방황 속 상처 딛고 하늘의 별을 향해
그윽이 피어오른 한 떨기 맑고 아름다운 영혼

딸의 혼에 부모의 넋을 박고
꿈 이루길 희망으로 바라보며
하늘 우러러 두 손 모은 가족의 간절한 기도

무성한 여름

지인들의 권유 따라
단체로 수년 만에 떠난 피서
숨도 쉬기가 어려운 더위 속에 일상이 시들어간다
쉼의 유혹 따라 일행들과 버스에 올랐다

터널을 수없이 지나고
고가도로는 산 정상과 어깨를 나란히 하며 달린다

강원도 대관령을 지난다
소나기가 내리고 바람이 불어온다
살인적인 더위를 끌고 가는 비바람

강릉해수욕장
파도가 모래사장에서 해수욕을 한다
바다는 독한 더위를 집어삼킨다
더위를 삼켜버려 배가 부른 파도
모래사장에 시원한 푸른 파도를 토해낸다

서울의 40도를 넘나들던 살인적인 더위
TV 뉴스, 서울 쪽방촌 노인 무더위로 세상을 떠났다고
2평의 공간, 빛도 창문도 콘크리트 벽으로 차단한 공간
살인적인 더위는 서울 쪽방촌에 비극을 남기고
평창에서는 여름이 가을에 침식당하고 있었다
부한 자와 가난한 자의 운명은 이렇게 엇갈리고 있었다

하늘이시여,
빈부 차이 없이 국민 모두 함께 살인적인 더위를
피하는 피서가 되기를 하늘 우러러 두 손 모은다

평창의 밤은 선풍기를 끄고
이불을 끌어당겨 잠을 청한다
가을은 이렇게 무더운 여름 밀어내고
자신의 계절을 불러들인다

병원 진료실

병원 복도에 줄지어 앉아있는 사람들
긴장과 불안이 순서 기다린다
이동 침대에 누워
급히 복도 빠져나가는 링거 줄에 매달린 환자

진료실에 누웠다
수면 마취 주사
하나둘 셋 세었는데 깊은 잠 깨운다

안도의 숨 쉬는 순간
장기 하나 고장 나면 만병이 덤벼든다

병원 뜰에 핀 꽃
벌 나비가 날아들고
하늘은 시원한 바람을 허공에 날린다
불안을 휘익 낚아채는 허공의 바람

처방전이 거듭될수록
아픔의 무게도 쌓여간다

끊임없이 불어오는
희로애락(喜怒哀樂) 속에 달려드는
생노병사(生老病死)로 죽어가는 영혼

하늘이시여,

인생(人生) 불쌍히 여기시고 구원하소서

오늘의 무사함에 감사하며
하늘 우러러 두 손 모은다

부모님의 기일(忌日)

핏덩어리 자식 지극정성(至極精誠) 사랑으로
자식 키워준 부모님의 사랑

제 살길 찾아 떠난 자식들
살아가기 바쁘다는 이유로 부모님의 은혜 잊고 살아간다
외롭게 살아가신 연로하신 부모님 자주 찾아뵙지 못했다

살기 바쁘니 자주 오지 말라 하신 부모님
어쩌다 찾아간 자식 떠나가는 뒷모습 바라보며
눈물 닦는다

병마(病魔)의 고통
잠 못 이루며 두렵고 외로움의 수많은 날
두렵고 외로움 속에서 겪었을 그 고통
내 어찌 헤아릴 수 있으랴

부모님 고통의 신음소리 지금도 뒷전을 울린다

오늘은 부모님 기일(忌日)
자식들 한자리에 모였다

부모님의 사진 바라보며
나도 흰 머리 부모 되어 지난날 돌아보니
지난날의 불효 아픔으로 마음에 겨려온다

하늘이시여,
촛불처럼 당신의 몸 불태워 자식 키운 부모님
하늘나라에서 슬픔과 고통 없는
영생 복락(永生 福樂) 위해
하늘 우러러 두 손 모은다

새집에 이사 온 날

셋방살이 마치고 새집으로 이사 온 날

지난날 이사 다니던 기억들
주마등처럼 꼬리를 물고 밀려온다

어린 자식들
친구들과 헤어지기 싫다며
이사 가지 말자고 목 놓아 울어 댄다

친척과 친구 동원하여 이사하던 날
손수레 안의 이삿짐 비에 듬뿍 젖었다

잔금 부족하여 발 동동 구르며 애태우다
밤늦게 이사 하던 날
아침밥을 자정에 먹으며
한 잔의 술로 서러움을 달랬다

이사의 아픈 기억들 흘려보내며

기쁜 마음으로
아이들 공부방 만들어 주고
이제는 여기서 오래 살 거야
친구들도 많이 사귀라고
자식들 위로해준 날

집만 있으면 먹고 산다던 옛 어른의 말 떠올라
오늘 밤
발 쭉 펴고 편안히 자고 싶은 날
기쁨에 잠 못 이루는 밤 되었다

새해 아침

어둠의 먼 길 달려 산에 올랐다

바다에서 솟아오르는 붉은 태양
지난해 고통과 슬픔 위로하며 떠오르는 희망의 빛

앙상한 가지에도 생명의 숨소리 대지에 뿌린다

쉼 없이 물결치는 바다
수많은 생명 잉태하고 기른다

전범자와 독재자 이기주의자
속된 욕망과 탐욕 거짓과 추함
새해 아침 밝고 맑은 햇살이 말린다

남과 북의 부모 형제
이념의 총칼 내려놓고 손잡고 평화 통일 이루어보자
진실과 사랑은 거짓 이념의 총칼 무너뜨린다

고통과 슬픔 물러가고 평화의 종소리 울려 퍼지고
지구촌 평화와 사랑 깃들길

한 떨기 맑고 아름다운 소망의 영혼들
푸른 하늘로 피어오르는 새해 아침의 희망

하늘이시여,
희망 이루어지도록 도우소서

생일상

아침 밥상에 미역국 차려졌다
오늘이 내 생일이란다
미역국에 밥을 넣고 몇 술 뜨다가
문득 어머니가 차려준 생일 밥상이 들어온다

상 중앙에 떡 놓이고
생선조림과 두부 부침 달걀찜
미역국과 밥이 나란히 밥상에 놓였다

생일이 다가오면
생일 전날 머리에 곡식을 이고 옆구리에 닭을 안고
나를 앞세워 고향 장터로 나간다

생일장을 머리에 이고
돌아오는 길, 어머니의 고달프고 슬픈 콧노래가
눈물과 함께 길에 깔린다

생일상 앞에
그날의 어머니가 쪼그리고 앉아 나를 쳐다본다
맛있게 많이 먹으라
낮은 목소리로 속삭인다

소와 노인

한적한 농촌 마을

축사 옆 구덩이에 요란한 포클레인 소리
소 매몰작업 분주하다
기계의 힘에 저항할 시간도 없이 구덩이에 떨어진다

자식처럼 키우던 소 땅에 묻고
노인은 화병으로 쓰러졌다

몸을 기우뚱거리며
지팡이에 몸을 의지하여
한동안 한적한 농촌 길 홀로 외롭게 걷던 노인

소에 대한 그리움과 홀로 사는 외로움
병이 깊어져 요양병원 입원했다

병원 생활 답답해서 못 살 겠다며
집으로 데려다 달라 애원하던 백발

꿈에 소가 자주 보인다며 소를 잊지 못한 애잔한 마음
소를 잊지 못한 슬픈 눈 소의 눈망울 닮아 갔다

대문에 앉아 매일 자식 기다리던 노인
서산에 해지고 어둠이 밀려오면
휠체어 밀며 쓸쓸히 방으로 돌아간다

소의 일생

어미를 떠나 아쉬운 이별을 한 송아지
어린 나이에 이 집에 팔려와 성장기를 살면서
주인과 낯이 익고 정도 들었다

논을 갈고 밭도 갈고 달구지로 짐도 실어 날랐다
주인에게 충성을 다했다
몇 년의 세월 지난 어느 날 지친 몸을 쉬고 있었다

트럭이 내 앞에 멈춰 섰다
주인에게 눈물로 호소하며 애원했지만
트럭에 실리고 말았다

도축장 앞, 또 눈물을 흘리며
힘을 다해 반항하며 버티어 보았지만
도축장으로 끌려 들어갔다

죽음 앞 한 번 더 눈물 흘렸다

인도라는 나라에 태어났으면
사람들에게 숭배받고 천수(天壽) 누릴 텐데

이 땅에 태어난 것 숙명일까
강한 충격 한방에 의식을 잃고 쓰러졌다

내 몸 한우라는 상품으로
사람들의 진수성찬 상 위에 차려지리라

시골길

목숨을 담보하고 살아가는 도시의 바쁜 일상
모두가 최고의 속도로 일상을 살아간다

서로 충돌하고 부서지며
고통으로 절규하며 죽어가는 생명들
아스팔트 길에 애통의 피 흐른다

도시의 삭막한 일상 벗어나 찾는 시골길

바쁜 사람에게 앞길 양보하며
자연을 벗 삼아 고단한 일상 휴식 취한다

시골집 굴뚝에 하얀 연기 피어오르고
닭 우는 소리, 강아지 짖는 소리 평화롭게 들려온다

동심으로 돌아간 마음
시골 향수로 온몸 가득 채운다

지난날들의 고단했던 생

하늘 우러러
욕심 내려놓고 마음 비운다

그윽이 피어오른 한 떨기 평화로운 영혼
하늘 향해 피어오른다

세상 만물이 아름답다

하늘 우러러 부끄러움 없는 마음으로
만물 사랑하며 살아가리라

몸과 영혼
자유와 평화 휴식 안겨주는 시골길

아버지

어느 날 갑자기 찾아온 병마
병마의 고통으로 몸은 나날이 쇠약해져 가고
즐기던 시조 노래와 수년간 해오던 자영 서당 훈장과
약주도 아버지 곁에서 멀어져 갔다

고통의 신음소리 밤하늘에 애달프고
구슬프게 울려 퍼지고
생의 소망도 날이 갈수록 멀어져 갔다

잔칫집에서 가시 발린 살코기 밥숟가락에 올려주며
투정을 토닥토닥 달래주던 따뜻한 손
사랑방에서 고향 후손을 가르치시던 시조의 곡조
새벽부터 논밭에 나아가 씨 뿌리고 거두던
그 손에 냉기가 흐른다

몰아쉬는 가쁜 숨소리
반듯이 누운 아버지 애달픈 눈길 접는다

먹구름 덮인 하늘
비는 주룩주룩 세차게 내린다

슬픔이 가족들 마음속 깊이 파고드는 아침
빗소리에 섞인 애달픈 울음소리 집안 가득 채운다

인연 뒤로하고 마지막 떠나가는 길

꽃 상여 뒤따르는 자손들
곡 하며 끈적한 천륜 연정의 눈물
땅에 한없이 뿌린다

하늘 우러러 영생 복락 두 손 모은다
마음은 아버지를 보내지 못한다

어린 학창시절

매서운 눈보라 몰아치고 어둠은 빠르게 달려든다
어깨에 멘 보따리는 내 발걸음 무겁게 짓누른다
무서운 마음 서둘러 고개를 넘는다

추위와 긴장 속에서 허기진 배 움켜쥔다
멀리서 희미한 불빛 내 발걸음을 이끈다

사랑채가 희미하게 보이는 집 앞에 섰다
다급하게 대문 두드렸다
하룻밤 자고 갈 수 있을까요
주인과 눈 마주쳤다 고학생입니다

친절한 주인의 모습에 안도의 숨 토해낸다
밥상이 들어오고 허기진 배
단숨에 밥 한 그릇을 먹어 치웠다
메마른 마음속 사랑의 단배로 가득 채웠다

책을 펼쳤으나 무거운 눈꺼풀은 책을 덮는다
마음을 적시는 사랑의 단비 속에 잠든다

인기척에 잠에서 깨어난다
정성스럽게 차린 따뜻한 밥상

그 집을 떠나며 마음속으로부터
울려 나오는 고마움에 고개를 깊게 숙였다

내 손잡아주는 주인의 손
부모의 따뜻한 손이다

사랑으로 마음을 가득 채우고
그 집을 나오는 내 발걸음
희망 찾아 걸어가는 꽃길이었다

남촌의 저수지 둑

마을 앞 저수지 둑
동네 아이들 놀이터
소와 염소 풀을 뜯으며 함께하는 공간

잔디와 잡초 어우러진 넓은 둑
마음껏 뛰어놀았던 자연 놀이터
둑 정상에서 한 번 힘주어 구르면
둑 밑바닥까지 눈 깜작할 사이 도달

마음껏 뛰놀고 모래 씨름판에서
힘 겨루어 장사를 뽑았다
말 등 타기, 철봉에 오래 매달리기
흥에 겨워 시간 가는 줄 모르고 놀았던 고향의 놀이터

어둠이 밀려오면
어머니 근심 어린 목소리 메아리 타고 들려온다
아쉬움 뒤로하고 집으로 향했던 추억
아이들 떠나버린 둑
왜 이렇게 작아졌을까

무성한 잡초 둑을 휘어 감았다
변함없이 그 자리에서 고향길 반긴다
추억이 마음 가득 채운다

어머니

병마로 누워있는 어머니 살며시 손잡는다
눈가에 맺힌 눈물 야윈 볼을 타고 한없이 흐른다

밤은 더욱 깊어가고
고통의 신음소리 밤하늘에 애달프고
구슬프게 울려 퍼진다

뼈만 앙상한 모습
어머니를 안고 불효의 죄책감으로 한없은 눈물 토해냈다
나의 무능함과 한계 앞에서 슬픔으로 좌절한다

아침 햇살이 창문을 두들긴다

물 한 그릇으로 주린 배 채우시던
우리 형제 어린 시절의 어머니
일평생 자식 위해 온몸 불태웠던 당신
천륜의 연정 볼에 한없이 흐른다
돌아서는 발걸음 떨어지지 않는다

하늘 우러러 두 손 모은다

그윽이 피어오른 한 떨기 맑은 영혼
두 영혼 부디 치며 아름다운 빛 발산한다

돌아서는 발걸음
하늘에서 내린 하얀 눈
내 발자국 지워낸다

어머님의 사랑

진달래 복숭아꽃 나를 보고 웃어주고
마을 앞 실개천은 가재와 피라미 키우며
벌거숭이 물 흐르고
새의 노래 들으며 자연과 벗 되어 살았던 두메산골

여름날 토끼풀 뜯던 소년 독사에 물렸다
다리에서 온몸으로 독이 빠르게 퍼져간다

두려움에 핏기 잃은 얼굴 맨발로 뛰어나온다
당신의 머리 한주먹 뽑아 아들 다리 힘껏 묶는다

자식 등에 업고 이웃 동네 의원에게 달려가서
자식 살려 달라 애원하는 어머니의 목멘 호소

아들 생명 하늘에 걸어놓고
새벽마다 장독대에 정화수 떠놓고
정결한 몸으로 드리는 간절한 기도
극진한 어머니 사랑 자식 살려냈다

그해 여름은 유난히도 덥고 길었다
땀에 젖어 한여름 보낸 야윈 어머니의 모습
한평생 당신의 몸 촛불처럼 태워 자식들 키운 어머니

나도 부모 되어 부모님 그리워할 때
꿈속에 찾아오신 부모님

하늘나라에서도 자식들 행복 빌고 있을까

하늘이시여,
부모님의 영생 복락 도우소서
하늘 우러러 두 손 모은다

왜 그냥 했어요

이른 아침 전화가 울린다
힘 빠진 아들 목소리
쓸데없는 말 길다

"무슨 일 있니?"
"그냥 했어요."
뚝, 뚝 끊긴 소리에 연정이 느껴온다

다시 전화한다

"왜 전화했어요?"
"무슨 일 있니?"
"아무 일 없어요."
찰칵 끊은 소리

좋지 않은 느낌
자식의 혼에 부모의 넋을 박고
자식 행복
하늘 우러러 두 손 모은다

혈관을 타고 흐르는 끈적임의 천륜(天倫)의 연정
온종일 사루비아처럼 붉다

웃음이 피어나는 집

오늘 아침도 분주하다
씻기고 옷 입히고 가방을 챙겨 등굣길 서두른다

주민들 반대 속에서 설립한 특수학교
자동차로 30분 달려야 갈 수 있는 거리

자식 걱정
잠 못 이루는 밤
날이 갈수록 늘어간다

소나기 내리고 천둥 번개 치는데
집 나간 자식
온몸으로 울부짖으며 자식 찾아 길거리 헤맨다

자립할 수 없는 자식
부모 사후 생각하며
부모는 멍든 가슴을 밤 깊도록 또 두드린다

하늘이시여,
자식의 병 고쳐 주소서
어머니 두 손 모아 날마다 간절히 기도한다

어버이날

머리에 보따리 이고
손에 가방 들고 숨을 몰아쉬며 문에 들어선다

숨 돌릴 여유도 없이 보따리와 가방을 펼친다

된장 고추장 간장이 나오고
밤과 감이 쏟아져 나온다

몇 마디 안부 말이 오가고
목소리가 커지더니
깊은 한숨이 터져 나온다

자식의 가난한 삶
목에 걸린 가시 되어
아픔을 안고 살아간 어머니

밥상 앞에 앉아 몇 숟가락 드시더니
이내 숟가락을 내려놓는다

일찍 일어나신 어머니
손자를 가게로 데리고 나가더니
신발을 사주고
냉장고에 반찬거리를 채우고
쌀독까지 가득 채워놓고
돌아가는 발걸음은 무겁다

쌈짓돈 다 떨어 빈손이련만
여비 몇 푼 받으며 미안해하는 모습
돌아가는 뒷모습이 쓸쓸하고 초라하다

오늘은 어버이날
부모님 생각에 마음이 숙연해진 하루다

외손녀와 하루

휴일 아침 걸려온 손녀의 전화
할아버지 지금 어디야 오늘 어디 가
나 혼자 있어 엄마 아빠 회사에 갔어
힘없은 애잔한 목소리

할아버지가 집으로 갈까
빨리 와 기다렸듯 한 대답에 외로움이 묻어있다

외손녀를 차에 태웠다
외곽도로에 진입하자 차는 밀리기 시작한다
도착한 공연장 이미 공연은 시작되어
많은 인파로 넘쳤다
공연을 보는 동안 서서히 즐거움이 몸에 스며들었다
공연이 끝나고 공연장 옆 만들기 실습장
목걸이와 팔찌 함께 만들었다
목걸이 팔찌를 손녀에게 걸어 주니
좋아하는 모습 속에 외로움은 물러갔다
음식을 맛있게 먹는 외손녀 모습 바라보니
내 마음 흐뭇했다
문방구에 들러 갖고 싶은 학용품도 샀다

차가 보이지 않을 때까지 손 흔들며 안녕 외치는 외손녀
외손녀와 함께 살았던 2년여 세월이
새삼 머리를 스쳐 지나간다
백일이 막 지난 어린애와 만나 함께 했던

희로애락의 시간

자정이 지난 시간 고열로 응급실로 달려갔던
아픔의 기억
공원에서 뛰놀고 숨바꼭질하며
함께 동심 되어 놀았던 즐거운 시간

손녀딸 보내고 잠 못 이루었던 날의 아픈 기억
보고 싶을 때 만날 수 있으니 행복한 천륜의 연정
손녀딸이 보이지 않을 때까지 나도 손을 흔들어 주었다

지구촌의 운명

지구촌 생명 한 하늘 아래 함께 숨 쉬며 살아가는 이웃
내가 숨 쉬는 입김의 바이러스가 지구촌에 퍼져간다
지구촌이 바이러스의 전염으로
죽음의 공포에 떨며 쫓기고 있다

희노애락(喜怒哀樂) 생
생로병사(生老病死)로 죽어가는 인간(人間)

인간의 끝없는 욕망과 탐욕
전쟁과 재난으로 지구촌에 죽음과 고통 불러온다
생명들의 울부짖는 고통의 신음소리
천지(天地)에 구슬프고 애달프게 울려 퍼진다

지구촌의 사람들
공생해야 살아갈 수 있는 공존의 운명

생명은 고귀하고 존귀하며 아름답다
그윽이 피어오른 한 떨기 맑은 영혼들

자연순환의 먹이사슬 고리의 순리(順理) 아니다

지구촌의 공동체
평화의 혼에 사랑의 넋을 박고 함께 공생할 때
만물의 영장이 공존할 수 있는 공동체의 사회적 동물

하늘이시여,
지구촌에 사랑으로 평화 누리도록 도우소서

이발소의 추억

주인의 새벽 기침 소리
곤한 새벽잠 깨운다

우물에서 두레박이 물 길어 올린다
차가운 물과 두 시간여 생의 투쟁

영하의 추위
손가락 감각 얼린다

밀려오는 손님
좁은 공간을 이리저리 분주하게 오가는
생존의 숨 가쁜 나의 일상의 일터

늦은 밤 하루의 일상 마치고 잠자리로 달려간다
지치고 피곤한 몸 냉방 추위도 잊고 꿈나라 달려간다

집으로 돌아오라 애절하게 손짓하는 어머니

일의 무게를 감당하지 못한 몸 다리에 병이 찾아왔다
고향 품으로 돌아간 나
또 다른 미래의 희망 설계하며 꿈꾼다

친구가 손에 쥐어 준 쌈짓돈과 강의록 책 몇 권

이발소 생활의 18개월

나의 생에 추억으로 남기고

새롭게 도전한 세상
희망 바라보며 최선을 다하는
또 다른 새로운 일상
공부 시작

이산가족

부모와 형제의 만남
백발의 허리 굽은 노부모와 하얀 머리의 자식
수십 년 만에 만나 서로 부둥켜안고 오열한다

노모는 하얀 머리의 자식을 연신 쓰다듬고 다독인다
자식은 노모의 가슴에 얼굴을 묻고
연신 어깨를 들먹인다

손을 맞잡은 형제자매
흐르는 눈물 연신 닦아낸다

음식 서로 권하며 생의 안부 묻는다

짧은 만남의 시간 재회의 기약도 없이 떠나려는 버스

맞잡은 손 놓지 못하고
흐르는 눈물 연신 닦아낸다

눈에서 멀어져간 부모 형제
흔드는 손 내리지 못하고
하염없이 쏟아지는 눈물 목으로 삼킨다

가고파도 못 가는 고향 땅
그리워도 만날 수 없는 가족
그리움 한(恨) 가슴에 품고 이 땅 떠나가는 부모와 형제

동족상잔의 비극 국가주의와 이념
누구를 위한 무엇이길래
부모 형제 총칼 겨누며 언제까지
적으로 살아가야 하나요

하늘이시여, 말해 주소서, 하늘은 알고 있나요

푸른 하늘 우러러 바라본다
철새들만 38선을 넘나든다

장애인의 날

장애인의 날 행사
장애인들 재활의욕의 고취 복지증진 계기를 위한 행사
장애인들 고난의 생활 위로하고
보다 나은 복지를 위한 사회 관심을 위한 행사
기업은 장학금 전달하고
사회 각 단체의 장애인 편의를 위한 봉사활동

장애인과 가족들 고통 속 암흑의 긴 터널
아픈 가슴 두들기며 밤 지새운 수많은 날
희망 버리면 좌절의 두려움으로 살아갈 수 없는
고난의 생에 대한 사회적인 위로

나무가 수맥을 거부할 수 없듯
천륜 버릴 수 없는 부모
자식 혼 속에 부모 넋을 박는 천륜

존귀한 자식
병 고쳐달라
온몸으로 울부짖었던 수많은 날

마음 비우고 내려놓으며
밤하늘 별 바라보며
장애 자식 생사(生死)
하늘에 걸어놓는다

세속의 흐름에 조용히 물결치는 땅
그윽이 피어오른 한 떨기 사랑하는 영혼

하늘이시여, 도와주소서
간절히 두 손 모으는 부모

조상님들 묘(祖上의 墓)

고향 산속 조상님들 묘
수십 년 금초 형제들 늙어가며
가족묘로 한 곳에 모셨다

손톱 발톱 닳도록 논밭 갈고
씨앗 심고 김매며 땅에 피땀 뿌려
알알이 맺은 열매로 후손 키워내며
조상님들 생의 열정 불태웠으리라

희로애락(喜怒哀樂)의 생
한 올 한 올 풀어가며
인생 고해(苦海) 속에서 희망과 사랑으로
자손 위해 헌신의 생 살았으리라

어느 날 갑자기 찾아든 병마
생로병사의 (生老病死) 인생의 한계
고통의 신음소리 하늘에 애달프고 구슬프게 뿌리더니
하늘나라로 떠나신 부모님
땅을 떠나던 날 슬픔의 눈물 땅에 흘러내렸고
잿빛 하늘도 주르륵 빗물을 뿌렸다

조상님들
한 피 흐르는 자손
아버지 어머니 손잡고 다정하게 반겼으리라

천륜(天倫)의 숙명
제단 앞에 머리 숙여 살아생전 못다 나눈 정
사랑으로 정성껏 잔을 바친다

지구촌 평화의 축제

한국의 평창
세계를 품에 안는다

장애 비장애
이념 국적 피부색 빈부
인간의 모든 차별을 뛰어넘어
세계가 인간애로 평창의 땅에서 하나로 뭉쳤다

남과 북 단일팀
이념을 뛰어넘은 천륜의 동포애
우리는 한민족 부모 형제
네 넋 속에 내 혼을 박고 천륜의 연정 함께 구른다

통일을 염원하다 죽어간 혼령(魂靈)들과 이산가족들
평창의 하늘 아래 원한의 한(恨) 달랜다

지구촌의 뜨거운 화합의 열기
평화의 노래 되어 온 누리에 울려 퍼진다

지구촌 한 지붕 아래 한 가족
지구촌을 밝고 아름답게 밝힌 성화
국경을 뛰어넘은 평화의 물결

인간의 사랑의 한계를 갱신하며
지구촌 평창에서 세계의 평화를 이루어 간다

하늘이시여 지구촌의 영원한 평화를 이루소서
하늘 우러러 두 손 모은다

첫 편지

생애가 끝나는 날

후회 없는 편안한 수의 입고 싶다

함께 했던 부모와 형제 친구 이웃 사람들
고마움과 행복으로 이불 만들어 덮고

최선으로 꽃단장하고
부끄럼 없이 훨훨 날아오르리라

인생 연극 아니더라
한 번밖에 없는 실전이더라

연습 없어 실패했다
후회는 안 하리라
최선 다했노라

행복했다고 말하리라

이웃들과 함께 일하고 먹고 놀고 함께 웃고 울며 살았다

못다 이룬 사랑
맑게 피어오른 한 떨기 맑고 아름다운 영혼
하늘나라 훨훨 날아올라
밤하늘 별 되어 어두운 땅 밝게 비추도록

하늘이시여 도우소서

마지막 첫 편지 남기고
하늘로 피어오르리라

추억의 고향

인파 속에 밀고 당기는 몇 시간의 실랑이
고향행 밤 기차에 몸 실었다
기차는 어둠 가르며 밤새도록
기적 소리 토해내며 달렸다

일 년 만에 밟아본 고향 설렘과 회한이 교차한다
타향에서의 일 년의 시간 길고도 외로운 시간이었다

집 떠나면 굶어 죽는다
타향살이 만류했던 어머니

비가 오나 눈이 오나 매일 새벽 정화수 장독대에 떠놓고
정갈한 몸으로 자식들 무사 안녕 빌며
생사를 몰라 긴 세월 통곡으로 밤 지새웠다는 어머니

마을 앞 저수지는 변함없이
물안개 피어오르고 철새들 오가며
가재와 피라미 키우던 마을 앞
실개천엔 벌거숭이 물 여전히 흐른다

추석 연휴 3일은 빨리도 지나간다
나의 겨울 양식 어깨에 짊어지고 어머니는 머리에 이고
몇 시간 걸어서 기차역 도착했다

이별의 아쉬움 눈물로 토해냈다

서로 손 흔들며 멀어져간 이별
흔드는 손 차마 내리지 못한다

먼 길 홀로 되돌아가며 외로움 속에 애통할
어머니 모습에 가슴 저려온다

날이 갈수록 그리움 마음속 사무쳐간다

추억의 고향 역

추석 명절 연휴는 빨리도 지나간다
기쁨의 날은 지나가고
이별의 아픔 다가온다

닭과 토끼 오리 염소 키우고 농사지으며
어머니와 오순도순 행복하게 살아갈 수 없을까

머릿속에 파고드는 고뇌
나의 이기주의 고뇌를 물리친다

가을 추수의 곡식
어머니는 머리에 이고
나는 어깨에 메고 세 시간 걸어 오수역에 도착했다

늙은 어머니 홀로 남겨두고
타향으로 떠나오는 발걸음은 한없이 무겁기만 하다
어머니를 안고 이별의 슬픔 눈물로 한없이 토해냈다

기차가 모퉁이를 돌아 보이지 않을 때까지
손을 흔들며 차마 돌아서지 못한 애처로운 어머니

못다 한 사랑
날이 갈수록 그리움으로 가슴속에 파고든다

어머니의 만수무강

하늘 우러러 두 손 모은다

나를 기쁨으로 맞아주고
슬픔으로 떠나보내며
희망과 그리움 안겨준 추억의 고향 역

큰형님 첫 기일

아버님 일찍 세상 떠나시고,
어린 나이 우리 집 가장된 형님
희로애락(喜怒哀樂)의 생 속에
생로병사(生老病死)로
추운 겨울날 세상 떠나셨다

부모님 장례식날 목 놓아 우시는 모습
어린 나이 가장의 짐 무거웠을까
그 모습 떠올라 형님 영정 앞에서 울었다

아들딸 칠 남매와 손자 손녀들
장례식장은 외롭지 않았다

일 년 지난 첫 기일
살아생전 형님 생애
추억의 이야기로 남는다

시간의 흐름은 아픔과 슬픔 그리움도 서서히 잊게 한다

천륜
어서 오느라
조심해서 잘 가라
형님의 목소리가 아직도 귀에 들려온다

하늘이시여,
땅에서 고생하신 형님
하늘에서는 편안한 영생 복락 누리도록 허락하소서

특별한 잔치

장애인 학생들의 잔치 벌어졌다
시 낭송, 난타, 태권도, 기타 연주

자기에게 주어진 몫에 열정 불태운다
땀으로 온몸 적신다
이마에 흐르는 땀은 턱밑으로 흐른다
관객 응원의 박수에 고개 숙인 겸손의 아름다움

좀 서툴러도 좀 느려도 할 수 있다는 희망
희망을 이루기 위한 피나는 노력의 결실

특별한 잔치
장애인 비장애인 열광 속에 아름답게 꽃 피운다

부모의 사랑
부모의 혼 속에 자식의 넋을 박은 천륜의 사랑

한 떨기 맑은 영혼
꽃으로 피어난다

타향의 새벽

밤새도록 꿈 싣고 달려온 완행열차 종착역에
나를 내려놓는다
차가운 바람 몸속 파고들고
허기와 두려움 몰려온다

주소를 기록한 종이쪽지로 선배 찾는다
냉정한 눈빛을 부려놓고 돌아서는 찬바람

허기진 배 꼬르륵꼬르륵 소리 내며 울고 있다
집 나가면 고생이다
어머니의 애절한 목소리 마음속 파고든다

어둠을 안고 돌아온 선배의 단호한 목소리
서울 생활 만만치 않다 귀향 권한다

내 단호한 거부
선배의 권고를 밀어낸다

배고픔 달래준 선배 따라 밤길 나섰다
밤길은 아무 말도 없다

기계 소리 고단함이 모여 사는 일터
희미한 불빛 아래 초라하고 고단한 얼굴들
어둠은 내 모습 덮는다

선배 떠나가고 홀로 남은 외로움
일 속에 살아가야 하는 나의 고달픈 운명
고향이 눈앞에 와 섰다
부질없는 근심들을 고향에 던진다

희미한 가로등 불빛 아래
고향에서 가져온 낡은 강의록 책 펼치며
하늘의 별 바라보며 소원 빈다
하늘이시여 꿈 이루어 주소서
희망 속에 외롭고 고달픈 타향살이
꿈의 열정 속에 하루하루가 익어간다

고단함과 꿈의 욕망이 뒤섞인 타향
타향은 멀고 슬펐다

푸른 산 지킴이

산이 좋아 산에 오른다
온 산에 푸른 향기 가득하다

한 자리에서 수백 년 살아가며
산을 지킨 나무들의 침묵
쉼 없는 운동과 호흡으로 잎에서 뿌리까지
먼 길 순례하며 생명수 공급한다

짙은 꽃향기
생명 잉태하기 위한
욕정의 발산으로 벌과 나비 유인한다
온몸에 꽃가루를 다 묻힐 때까지
벌과 나비의 주둥이를 움켜쥐고
놓아주지 않는 꽃의 자궁

한 몸으로 꽃마다 임신한다

불룩한 배를 가지마다
매달아 놓고 무겁게 흔들리는 배
배를 부숴버려야
밖으로 나오는 생명의 씨앗들

생명의 탄생을 위한 너의 고난의 인내
생명 잉태하고 키우며 산을 살린다

자연의 순리와 하늘의 섭리
침묵으로 화답하는 너

아름다운 산 지키고
산의 생명 살리는 푸른 나무는 산의 생명 지킴이

하루의 일상

아침 출근길
많은 인파가 지하철을 가득 채우고
썰물처럼 집을 빠져나간다

서로 부디 치고 넘어지고 일어나며
웃고 울며 사랑하고 미워하며 살아가는 일상

퇴근길
갔던 길을 되돌아 밀물처럼 집으로 밀려온다

가족의 생계와 나의 생 위해
땀 흘리며 치열한 생존경쟁의 일상

인생의 탐욕과 세상의 유혹
그 끈들을 놓지 못한 욕망의 끈질긴 생의 몸부림

치열한 일상의 연극무대가 끝난 후

아이들의 재갈 되는 재롱
이성의 향기로운 살 냄새
나를 살맛 나게 위로한다

밤하늘 별 바라보며
탐욕과 유혹 내려놓는다

별의 노랫소리에 잠 이루며
꿈속에서 밝아오는 미래의 소망 꿈꾼다

한바탕 연극

무대의 막이 오른다
무대에 배우들 등장한다
저마다 맡은 배역에 열정으로 불태운다

뛰고 넘어지고 만나고 헤어지며
미워하고 사랑하며 웃고 울며 살아간다

이 땅에 태어난 자
누구에게나 주어진 한 번의 배역
마음에 들지 않아도 최선을 다하여야 한다

내 배역 끝나는 날
무대의 가릴 막 조용히 내릴 것이다

내가 섰던 자리 후손이 서리라
한 번 태어나 한 번 죽는 것은 하늘의 섭리

이 땅을 떠나는 그윽이 피어오른 한 떨기 영혼
끈끈한 천륜의 연정 땅에 뿌리며
신의 섭리 앞으로 나아간다

선악 간 신의 심판
눈물을 흘리며 선한 씨를 뿌리는 자
기쁨으로 단을 거두며 영생 복락 누리리라

행복 나눔 콘서트

장애인 비장애인 함께 즐기는 잔치

가수에 노래에 장단 맞춰
흥에 겨워 노래하며 춤춘다
자신의 장기로 즐기며 행복한 시간

맛있는 음식 먹고 마시며
부족한 것 없어 보이는 행복한 시간

일상생활 속에서 겪어야 하는 고통과 불편함
잠 못 이루는 고통도 잊었다

대중교통 수단과 편의 시설
혼자는 이용할 수 없는 불편함
아픔과 불편함 슬픔도 잊고
모두 하나 되어 행복한 시간

자신이 비장애라고 확신할 수 있는 사람 누구랴
매시간 수없이 일어나는 사고
사망자와 부상자가 속출한다

누가 영원히
나는 비장애인이라고 말할 수 있으랴
생로병사로 이 땅 떠나가야 할 숙명
우리 모두 장애인

우리는 함께 더불어 살아가는 이웃

이웃을 사랑하라는 하늘의 소리
우리 함께 행복한 시간
행복 나눔 콘서트

행복한 집

온갖 세상 풍파 속에서 지치고 쓰러져
행복한 집에 왔다
몸과 마음의 상처를 안고 모인 노인들의 집

침대에 누워 링거 줄 길게 달고
신음하는 몸이 야윈 노인

가족 바라보며
누구냐고 묻고 있는 노인

침대에 누워 눈만 깜박이는 남편 손잡고
가쁜 숨 몰아쉬며 슬픈 눈으로 계속 말을 하는 할머니
슬픈 시간을 뒤로하고 휠체어 밀고 돌아서는 눈가에
이슬이 맺힌다

의식 잃은 김 할머니
구급차에 실려 병원으로 이송된다

창밖을 물끄러미 바라보며
의자에 앉아있던 할머니 기다림 포기했을까
휠체어 굴리며 안으로 돌아가는 뒷모습 애처롭다

행복한 집
오늘도 외로움과 고통 속에 생과 사의 싸움터 요양원

석양에 해는 기울고
어둠이 밀려온다

요양원 유리창
커튼이 스르르 창문을 덮는다

행복한 날(축시)

오늘은 좋은 날
새 출발의 길목에선 신혼부부
다정한 동무요 연인으로 백년을 함께 걸어가자
맹세하는 한 쌍의 원앙
세상 한 모퉁이가 환희 밝아오네
우리 모두 한없은 축복을 보내 드리오
신랑이여 신부여 손 놓고 보내는 부모의 마음
사랑스럽고 대견해 허전한 줄도 모르실 부모
자식 섰던 빈자리 채워줄 이도 그대들 아들딸이라
가는 길, 세상살이 바쁘다 해도 돌아봐 주오

영롱한 아침 이슬도 한순간의 햇살로 지워지고
아무리 아름다운 꽃도
오래지 않아 시들어 우리의 삶도 그리 길지 않으니
후회 없는 오늘을 만들어가오
그대들이 입고 있는 검은 연미복과 하얀 드레스
세상의 모든 색이 합해진 검은색,
세상의 모든 색을 걷어낸 하얀색
그대들에게 주어진 고귀한 선물,
그대들이 가진 모든 색깔로
그대들의 하얀 바탕 위에 그림을 그려요
세상에서 제일 아름다운 꿈,
세상에서 제일 행복한 그림을 그려요
부디, 그런 그림을 그려요,
그대들의 사랑은 지금 시작이요

첫사랑 변치 않은 믿음 깊게 뿌리내려
세상 비바람에도 흔들리지 않는
크고 굳센 믿음과 소망으로 살아가오,
인생길 가다 넘어지더라도
이제 스스로 일어나 사랑을 꽃피워요,
사랑은 행동과 양심으로 실천하는 것
결혼은 사랑의 입맞춤 둘이 하나 되는 거 잊지 말아요
인생길에 모진 풍파 닥쳐와도
하루하루 살아가는 일에 감사하고
하늘을 우러러 부끄럽지 않은 삶 살아가오
이웃에게도 선한 양심으로 사랑을 나누어요
건강한 아이들의 웃음소리 끊임없이 흘러넘치는
행복한 사랑의 집을 지어요
넓은 지구에서 하늘의 섭리로 만나
오늘 이윽고 하나 되는 절대적인 사랑의 짝
하늘이 맺어준 아름다운 인연
철 따라 피는 꽃처럼 사랑과 보람의 꽃 피워요
하늘의 섭리 잊지 말아요, 사랑의 열매 맺으며 살아가요
그대들의 잔이 하나님의 축복으로 흘러넘칠게요
사랑하는 아들아, 사랑하는 딸아, 행복하게 살아가오
행복하길 기도한다
우리 모두 사랑하는 아들, 사랑하는 딸
결혼을 축하한다

홀로 사는 노인

맑고 푸른 하늘
봄이면 앞산 뒷산에 꽃피고 새우는 두메산골
이곳에 태어나 칠십 평생을 살고 있는 노인

땅을 파고 거름 주고 씨 뿌리며 농사일했다

자녀들 도시로 유학 보내
공부시키기 위해
온갖 궂은일 마다치 않고
온갖 힘든 일 하며 자식들 뒷바라지했다

늙어서 홀로 남았다
우울증으로 잠 못 이룬 밤 늘어가고
외로움이 골수까지 파고들었을까

마음을 비워야 한다고들 말하지만
비울 것도 없는 빈손의 노인

서산에 지는 해 바라보며
자식 손자 기다리다 지친 몸

파킨슨병까지 찾아와서
지팡이를 짚고
문턱을 겨우 넘는다

내일은
보고 싶은 자식들 찾아오겠지

스스로를 위로하며
아픔을 참아가며 잠을 청한다

2부

나의 노래

공생(共生)의 속도

먼동이 터오는 아침
아침 햇살 어둠 밀어낸다

한적한 산책로
새벽 깨우는 발걸음 분주하다

산책로 휘어 감은 무성한 초목들
차창으로 스며드는
숲의 신선한 향기 호흡하며
상쾌하고 여유로운 아침 출근길
차도로 갑자기 뛰어드는 고양이
도로 한복판에 멈춰 선다
급하게 브레이크 밟았다
뒤따라 오던 차들도 급브레이크 밟는다

뒤차에 미안함을 신호로 알리는 순간
고양이 도로 건너 언덕 오른다

끝없이 발생하는 교통사고로 죽어가는 존귀한 생명
한평생 고통 속에 살아가는
생명들의 울부짖은 신음소리

장애인의 애절한 고통 소리
하늘에 구슬프고 애달프게 울려 퍼진다

안전의 속도
우리가 함께 살아가는 배려의 생
고귀한 생명 살리는 공생의 속도
생명 함께 공생하는 아름다운 생

나그네

죽음을 예약하며 태어난 생
세상살이 겁먹고 한바탕 크게 울며 태어났다

소우주 자궁을 탈출하여
대우주 세상 속으로 몸을 던진다

흙과 물과 바람
태양 당겨서 맺는 열매
자연의 열매 먹으며
자연 속에서 웃고 울며 넘어지고 일어나며
꿈을 꾸고 사랑을 위해
열정으로 몸을 불태우며 살아가는 나날들

성공과 실패 기쁨과 좌절의 아픔을 인내하며
세상의 거대한 마취실에서 비몽사몽 살아간다

생로병사(生老病死)의 생의 숙명

인생이란
허상(虛像)
호흡이 멈추는 날
그윽이 피어오른 한 털기 영혼

하늘이시여
걱정 근심 슬픔 없는 하늘나라
하늘의 별 되어
어두운 밤 세상의 밤길 영원히 밝게 비추게 도우소서

그날을 기다리며

대한민국의 산천(山川)
새 생명 싹트고 꽃 피어난다

우파와 좌파 진보와 보수
꽃피는 따뜻한 대한민국의 봄 가로막고 있다

강대국들의 탐욕으로 분단된 국가
통일도 강대국에 허락을 받아야 하는
대한민국의 비극

대한민국의 평화와 공생(共生)
틀림이 아닌 다름에서 성숙한 충정(忠情)으로 찾아내자

사람마다 개성이 다른 것
하늘의 섭리

옛 선조들 당파싸움으로
나라의 패망 불러왔다

추운 겨울
봄이 가까이 오고 있음이리라

대한민국의 평화와 통일
그날을 위해 부끄러움 없는 양심과 사랑으로
충정으로 화합(和合)의 생을 찾아가자

평화와 통일
멀지 않은 훗날
그날 꼭 찾아오리라

하늘이시여
대한민국에 평화와 통일 이루어 주소서
두 손 모아 고개 숙인다

글맛

거실에 앉아 창밖을 바라본다
하루를 숨 가쁘게 달려온 태양
나뭇가지 위에서 휴식을 취하고 있다

자식들도 제 갈 길 따라 떠난 조용한 집
지나온 생을 돌아본다

톨스토이와 도스토옙스키, 괴테, 존 칼빈,
라인 홀드니이버, 성경책, 윤동주 등의 책들
책꽂이에 꽂혀 있다

홀로 외로울 때 펼쳐 읽는 책
독서는 잠들어 있는
양심과 영혼을 흔들어 깨운다

애국과 사랑 양심의 고뇌 속에서 나를 발견한다

자연의 순리
하늘의 섭리 생각하게 한다

먹이사슬 고리의 동물의 생과 다른
만물의 영장 인간(人間)
탐욕 내려놓으며 마음 비우고
생의 의미와 양심 영혼을 생각하게 한다

서산에 지는 붉은 노을 바라보며
내 남은 생의 의미를 생각해보게 하는 독서
지는 붉은 저녁노을처럼 아름다운 생 살기 위해
두 손 모아 하늘에 빈다

나는 어떤 향기 풍길까

출근길에 만나는 사람
산책길에서 만나는 사람
도서관에서 만나는 사람
일터에서 만나는 사람

고유의 생의 향기 풍기며 살아간다

젊음은 새로운 용기와 희망의 향기 세상에 풍기고
늙음 경륜의 향기 땅에 뿌린다

거대한 세상의 고해(苦海) 속 인생(人生)
소망 바라보며 희망의 향기
땅에 풍기며 살아가는 희망의 인생(人生)

지구촌 평화와 행복 갈망하며
헌신의 생 살아가는 사람들
아름다운 사랑의 향기 세상에 풍긴다

나는 어떤 향기 풍기며 살아가고 있을까

꽃마다 향기 다르듯
사람마다 고유의 생의 향기 세상에 풍기며 살아간다

선과 악 사랑과 미움 추함과 아름다움의 생

마음에 숨어있는 뜻
온몸에서 품어나오는 생의 향기(香氣)
세상에 뿌리며 살아간다

노인과 파종

모두가 떠난 고향 땅
들녘에 홀로 거름 주고 씨 뿌린다
가뭄으로 타들어 간 싹에 물 준다

술꾼이라고 아옹다옹 싸우던 남편마저
하늘나라로 떠나보내고
홀로된 노인
씨 뿌릴 땅은 남았는데 서산에 해가 진다

피곤한 몸 이끌고 어둠을 밟으며 집에 돌아온 노인
마루턱에 걸터앉아 앞산 바라보며
그리운 사람 기다리던 노인
어둠이 짙어지자
한숨 몇 번 쉬고 문지방 넘어 몸 옮긴다

타들어 간 땅에도 씨앗 살아난다
내일은 비 내리고 그리운 사람도 올 것이다

봄여름 지나고 가을 오면
따뜻한 가을 햇살에 열매마다
산통을 터드리는 풍요로울 들녘도 올 것이다

기다리는 사람 찾아오면
수확한 농산물 한 아름 안겨주리라

밤하늘 별 바라보며
하늘이시여
자식 무사하기를 두 손 모아 간절히 빈다

나의 노래

서산에 지는 붉은 저녁노을

황혼의 생
빠르게 스쳐 지나가는 세월
실오리 같은 미풍에도 흔들리는 온몸

생명의 소망 하늘에 걸어놓고
뼈를 깎고 녹이는 치열한 생의 일상

죽음의 서곡을 노래할 여유도 없이
진혼곡 같은 차가운 바람 내 몸 스쳐 지나간다

미지의 미래
백지 위에 시 한 수로 인생(人生)을 써본다

발은 땅을 딛고도 눈은 하늘의 소망 바라보며
사랑의 혼에 내 넋을 박고
오늘도 이 땅에 한 그루의 희망 나무 심는다

희망의 나무에서 피어나는 꽃
그윽이 피어오른 한 떨기 꽃향기

땅에서의 몸과 마음
무거운 짐 벗어버리고

하늘의 별나라
훨훨 날아오르는 맑고 아름다운 영혼

하늘이시여
하늘나라 영생복락(永生福樂) 누리도록 도와주소서
하늘 우러러 머리 숙인다

너와 나의 거리 두기

거리를 두어야 코로나19 전염병을 예방할 수 있다
서로의 호흡의 입김을 차단해야
너와 나 우리가 살 수 있다

거리의 공간
생의 공간이요
사색의 공간이다

거리는 자유의 공간이요
아름다운 사랑의 시간 공간이며
사랑이라 말하고 설명치 않아도
마음으로 공감하는 거리이다

거리는 나와 하늘 간에 있는 별이며
너와 나의 아름다운 은하수의 강이 흐르는 거리이다

거리는 고요하고 영원한 거리이다
그 거리의 공간의 흐름은 영원한 푸른 연못이다

원시적인 자연에 자신을 맡겨버린
순진한 영혼에게 주는 무형의 울림이다

그 거리는 공간적이고 시간적이고
그 거리의 부피는 무한한 공간이다

고요하고 자유로운 거리의 공간은
생명을 살리는 사랑의 공간이요
거리는 위대한 공간이다

눈 시리게 맑은 밤하늘
영원한 은하수강이 흐르도록 하는 거리의 공간이다
거리는 공간 공간의 시간은
마음에 그리움을 주는 추억의 공간이다

※ 위 시는 원덕 스님의 시 거리를 일부 인용했음

높이 멀리

새벽 알람 소리 곤한 잠 깨운다
치열한 생존경쟁의 일상
앞 만 보고 걸어온 인생(人生)

검은 연기 하늘로 뿜어 올라가도
하늘은 높고 눈 시리게 푸르다
걸음 멈추고 느티나무 뿌리에 걸쳐 않는다
산들바람에 갈색 단풍 춤춘다

봄과 여름 꿈 익어
열매마다 산통을 터트리는 가을의 풍요로운 대지
싸늘한 바람에 땅에 뒹구는 낙엽
봄여름의 속된 욕망을 비우고
또 다른 생명의 거름 되어간다

하루가 익어간 석양의 햇살
멀리 화장장 굴뚝에 쉼 없이 뿌연 연기 피어오른다
남은 사람들 울음소리에 섞여
한 줌 재 되어 떠나가는 사랑한 사람

높이 멀리 보지 못한 인생(人生)
풍요로움 속 방황과 갈등 허무의 설익은 영혼
하늘은 높이 멀리 소망 바라보며 살라 한다
땅에 좋은 씨앗 눈물 흘리며 뿌리며 살라 한다

어둠 오기 전
하늘사랑의 혼에 네 넋을 박고
하늘의 소망 바라보며 살라 한다

절망의 어둠 나의 창을 덮고
무너지는 슬픔 마음 가득 채울 때

하늘이시여 피어오르는 한 줄기 빛 따라
맑고 아름다운 영혼 하늘나라 날아오르게 도우소서
해는 기울고, 어둠이 스멀스멀 기어 나와
하루의 일상을 닫는다

대한민국의 평화

이념과 국가주의 미명 아래
총칼과 형틀에서 죽어간 부모 형제
참혹한 동족상잔, 비극의 역사
부모 형제 총칼 겨누며 원수로 살아가는 민족

자유 수호 위해 독재와 싸우다가
조국 땅에 흘린 애국자의 피
고난과 비극을 딛고 성장한 대한민국
수난의 과거 역사 거울삼아
두 번 다시 과오 범하지 말 것
하늘 우러러 두 손 모은다

남과 북 평화 통일 이루고
우리 서로 손잡고 사랑하며
운명을 개척한 희망의 나라로 만들어가자
평화로운 공생의 대한민국을 이루어 가자

전범자와 독재자
맑은 햇살에 속된 탐욕 말리자

고통으로 울부짖는 한반도에
눈물로 사랑의 씨앗 뿌리자

함께 공존하며 공생하는 대한민국
대한민국에 평화의 꽃 피어나리라

동행

새의 노래에 잠에서 깨어난 새날 아침
떠오르는 태양 바라보며 희망으로 하루 시작하고
텃밭에서 채소와 함께 호흡하며
아침이슬에 지난밤의 목마름 달랜다

햇살 퍼지는 오솔길 따라 거닐며
일상에 감사하는 마음으로 희망을 주며
사람 눈빛만 봐도 서로의 마음 이해하며
마을 앞 호수가 작은 찻집 마루에 앉아
따뜻한 차 한 잔 앞에 놓고
추억을 나누며 미래 설계하고 현실에 충실한 사람
따뜻한 연민의 정 서로의 마음으로 오가는 사람

세상 유혹에 물들지 않고 아름다운 희망 꿈꾸며
기쁨도 슬픔도 함께 나누는 따뜻한 사람

상한 갈대도 꺾지 않고
꺼져가는 등불도 끄지 않은 마음으로
생명을 하늘같이 사랑하는 사람

주어진 생에 감사하며 자신을 겸손히 낮추며
상대를 존중히 여기고 상대를 먼저 배려하는 사람

하늘 우러러 한 점 부끄럼 없는 삶을 살려고
최선을 다해 노력한 사람
그런 사람과 동행 하고 싶다

땅과 별나라

진달래꽃 복숭아꽃 나 보고 웃어주고
새들 노래하며 놀아주고
마을 앞 실개천 가제 피라미 키우며
벌거숭이 물 흐르던 곳
자연이 벗 되어 나와 놀라준 고향

고향 떠나 타향살이 몇십 년
꿈속에서 찾아오는 고향

내 육체 호흡 멈추면
할아버지 할머니 부모님과 형제 옆
영면할 내 육체 본향의 땅 나라 예비되었네

이 세상 무엇 남겨두고 흙으로 돌아갈까

하늘이시여 땅에서
부끄러움 없는 생의 발자취 남기게 도우소서

탐욕 내려놓고 마음 비우며
사랑의 혼 속에 내 넋을 박고
만물 사랑하며 살아가게 도와주소서

이 땅 떠나가는 날
육체의 무거운 짐 벗어버리고 훨훨 날아올라
한 송이 꽃처럼 그윽이 피어오른 맑은 영혼

하늘의 빛나는 별 되어
이 땅 아름답고 밝게 비추게 하소서

하늘이시여
소망 이루어 주소서

땅을 떠나가는 형제

한 치 앞 일 모르고 살아가는 무지한 사람들
치열한 생의 경쟁 속 숨 가쁘게 살아가는 인생

어느 날 갑자기 찾아오는 병마
고통으로 가쁜 숨 몰아쉬며
하늘나라로 외롭게 떠나가는 형제

떠날 준비 못 한 체
한 줌 재 되어 흙으로 돌아간다

가난했던 살림 꾸리며
손발 닳도록 논밭 일구며 희로애락(喜怒哀樂)의 생
얼기고 설긴 생 한 올 한 올 풀러 가며
사랑과 정성으로
당신의 목숨보다 더 아끼며 키운 자식과 손자
그 사랑 못 잊어 이 땅 어찌 떠나갔을까

인생 고해(苦海) 속에서 피어난 꽃
꽃은 지고 땅에 씨앗 뿌렸다

차마 고이 못 보내드린 님
슬픔은 강물처럼 한없이 마음속에 밀려온다

땅에서 못다 이룬 사랑
훗날 하늘나라에서 나룰 것 기약하며
하늘 우러러 영생 복락 두 손 모은다

떠나가는 님

하늘이 맺어준 인연
동반자로 살아온 세월

자식들 재롱 바라보며
오순도순 행복했던 시간들

어느 날 갑자기 찾아온 병마

살려 달라
울부짖었던 십여 년 세월

소망 져 버리고
하늘나라로 떠나가는 님

어린 자식 품에 안고
무너지는 가슴 움켜쥐고 온몸으로 울부짖는다

자식들 아빠 하늘나라 어디 있냐고 묻는 밤

밤하늘
찬란하게 빛난 별 하나 가리키며

손 흔들어 인사하고
마음으로 작별 인사하고 울며
님의 영생 복락 두 손 모아 빈다

땅의 함성

광화문과 전라도와 경상도, 충청도와 강원도,
그리고 제주도에서의 함성
전국 곳곳의 거리에서
촛불과 태극기의 고함 소리 천지에 진동한다
좌파와 우파 진보와 보수의 싸움
조국 땅 상처로 얼룩져간다

봄은 잠든 생명 깨우고 추운 겨울 몰아내는데
조국 땅의 양 진영의 정치싸움은 한파를 몰고 온다

지구 상에 유일하게 남은 분단국가
이념과 애국의 미명(美名)하에
수많은 국민 형틀과 총칼에 죽어갔다

강대국 탐욕
그들은 우리 조국의 통일을 진심으로 원하지 않는다
대한민국은 언제까지
그들의 입맛에 맞는 밥상을 차려줘야 하는가

애국 국민의 영혼들
땅에서의 이기주의 고함 소리 하늘에서 듣고 있다

하늘을 우러러보라
애국 국민의 영혼들
안식에 들어가지 못하고 하늘을 떠돌고 있다

대한민국 평화 통일의 꿈 이루어지는 날
그들의 영혼 하늘에서 편안한 쉼을 누리리라

하늘이시여 대한민국의 땅
서로 사랑으로 평화 통일 이루게 도우소서
하늘 우러러 두 손 모은다

떠나간 빈자리

방 구석구석
원망과 미움의 연민이 함께 나뒹굴고 있다

연필로 써놓은 갈등의 검은 사연들
목마름으로 울부짖었던 아팠던 상처의 자국들
떠나간 빈자리 펄펄 날고 있다

못 본 척
못 들은 척
눈감고 귀 막았던 침묵의 수많은 날

사무친 아픔과 원망 갈등의 자리
상처에서 싹이 돋는다

어두웠던 상처의 아픔으로 얼룩진 연민의 자국들
방 구석구석에 연민의 정 쪼그리고 앉아있다

천륜의 연민
네 혼 속에 내 넋 박혀있다

밝은 아침 햇살
원망과 갈등 아픔의 상처에 푸른 싹이 돋아난다

마음으로 우는 부모

자식의 병 폭발하는 순간
억하고 길바닥에 쓰러진 부모
온몸은 멍들고 피가 흐른다

몸과 마음
수많은 상처로 얼룩져간다

집 나간 장애 자식
길거리를 배회(徘徊)한다
집을 찾아올 수 없는 자식

다칠세라
배 주릴세라
한순간도 마음의 긴장 놓지 못한 일상

하늘 우러러 병 고쳐 달라
울부짖었던 수많은 날
뜨거운 눈물 목으로 삼키며 마음으로 운다

어둠에 갇혀 보이지 않은 절망의 긴 터널

마음 비우고 욕심 내려놓으며
자식의 혼 속에 부모의 넋을 박은 천륜의 사랑

밤하늘 별 바라보며 하늘에 생의 소망 걸어놓고
자식 무사하기만 간절히 빈다

우리가 머물다 간 자리

우리가 머물다 간 자리
무엇으로 채워질까

치열한 생존의 경쟁
희망과 절망 시기와 질투
사랑과 미움 기쁨과 슬픔의 고단했던 한 생애

내가 머물다간 빈자리
그 땅에서 어떤 싹 나올까

원망 미움의 씨 뿌렸을까
눈물 흘리며 사랑의 씨 심었을까

심는 대로 거두리라
미움의 씨에서 저주의 싹 나오고
사랑 씨에서 사랑의 열매 거두리라

내가 머물다간 자리
사랑하는 조국 땅 몇 평에 어떤 씨앗 심었을까
내가 뿌린 대로 열매 거두리라

변명도 후에도 부질없으리라

내가 뿌린 씨앗의 싹 나오고
잎과 줄기 자라 씨앗의 열매 거두리라

빛과 어둠

해가 지고 집안에 어둠 밀려온다

어둠
고통을 몰고 온다

마주 보는 두 얼굴
불신과 증오
증오의 화마 가정에 따 오르고

아픔의 상처 분노로 폭발하며
가정에 붉은 피 흐른다

어린 자식들
공포로 몸을 떨고 있다

부모 바라보는 자녀의 슬픈 눈빛
천륜(天倫) 거슬리는 가정의 비극
분노로 잠 못 이루는 밤

악을 물리치기 위해
하늘 우러러 두 손 모은다

내 마음에 촛불을 켠다
악마는 물러가고 희망의 빛 가정에 깃든다

가슴에 박힌 못
아픔을 토해내며 빠져나온다

가정 사랑의 빛으로 채워져 간다

물 되어 살라 하네

매일 찾아오는 일상들

투쟁 고뇌와 갈등
미움과 사랑
고통과 기쁨
배려와 경쟁
실패와 성공
처절한 생의 몸부림
주저리주저리 엮인 일상
맺힌 곳 한올 한올 풀어가며 살아가는 일상

높이 멀리 보지 못한 눈
실상을 못 보고 그림자만 보고 살아가는 일상

하늘에서 들려오는 소리
탐욕 내려놓고 물처럼 살라 한다
가는 길 막으면 양보하고 돌아가며
흐르는 일에는 충실을 다한다

낮은 곳으로만 흘러
낮은 곳에서 소외되어 죽어가는 생명 살리는 물

더러움과 장애물이 괴롭혀도
깨끗하게 씻어주는 저 배려
겸손과 인내로 흘러 거대한 바다에 이른다

작은 물방울 하나둘 모여
지구촌의 생명 먹여 살리는 젖줄
지상의 모든 물소리는 생명의 숨소리

양보하고 배려하며 생명을 살리는 물
어둠에서 고통받고 소외된 이웃에게 도움의 손 펼치고
이웃을 사랑하며 물처럼 살아가라 한다

봄을 위한 기도

온몸으로 외치는 민주화의 함성
고국 땅 흔들고 있다

무참하게 민주화운동을 진압하는 독재정권

자국민 학살
슬픔과 고통의 어두운 밤

총탄이 날아오고
한 사람 두 사람 쓰러진다
쓰러진 형제 업고 달리다가 또 총탄에 쓰러진다

온몸 상처의 피로 얼룩져가고
붉은 피 고국의 땅 짙게 물 들린다

자식과 형제의 죽음
가슴 찢고 통곡하는 부모

총칼로 민주화의 꿈 잔인하게 학살한 독재정권
진혼곡의 노래 고국의 땅 허공에 울려 퍼진다
정의와 자비 깊은 어둠 속으로 추락한다

조국 하늘에 혼을 박고
조국 땅에 자신의 넋을 박으며
민주화 위해 죽어간 영혼들

그들의 충정과 소망은 그 무엇도 막을 수 없다

매서운 겨울의 한파
밀려오는 따뜻한 봄 막을 수 없듯이
민주화를 위해 싸우다 장렬(壯烈)하게 죽어간 영혼
고국의 땅에 민주화의 꽃으로
아름답게 피어나는 봄은 오고 있다

붉은 피에서 꽃 피어난다

높고 푸른 하늘
따뜻한 바람과 봄비
잠자는 생명 깨운다

겨울에 잠에서 깨어난 생명
하늘 향해 고개 내미는 생명 신비하고 경이롭다

생명 잉태의 숨소리
대지를 가득 채운다
봄비는 생명에게 생명수 공급한다

잎 피고 줄기 자라 하얀 꽃 노란 꽃 붉은 꽃 피어난다
절망의 땅에 희망의 나래 활짝 펼치는 봄

봄날의 그 날 독재 타도의 외침
자유를 갈구하는 정의로운 젊음의 간절한 외침
총탄에 맞아 흘린 붉은 피

잔인한 사월의 봄

꽃향기 타고 그윽이 피어오른 한 떨기 젊음의 맑은 영혼
하늘나라 별 되어 사랑하는 조국 땅 밝게 비추며
자유와 평화 지켜주는 영원한 불변의 아름다운 빛
영원히 꺼지지 않은 영혼의 불빛

사랑하는 조국 땅 영원히 지키며
조국 땅 아름다운 꽃으로 봄마다 다시 피어난다

새벽 깨우는 소리

알람 소리 곤한 잠 깨운다
피곤한 몸 달래며 집을 나선다
차 안은 곤한 호흡 소리 적막을 깨운다

좌절의 생
새로운 생으로 거듭나기 위한 처절한 몸부림의 새벽

차에서 내려 한 걸음 한 걸음 힘차게 내디딘 발걸음
쓸고 닦기를 몇 시간

밝아오는 새 아침
발걸음이 새로운 꿈 모종한다

새 삶을 위해
자신의 발톱과 부리 깃털을 부수고 뽑아내는
솔개 한 마리 푸드덕 날아오르는 새벽

나도 나를 부순다
가슴을 찢고 지나온 생 돌아보며
새로운 생 위해
나태와 게으름 뽑아내고 새롭게 마음을 갈고 닦는다

밝은 햇살에 비추는 나의 정체성
그윽이 피어오른 한 떨기 맑은 영혼

소망 하늘에 걸어놓으며
하루하루 힘찬 발걸음 내딛는 일상

하늘의 축복이
땅에서도 이루어지도록

하늘이시여, 도와주소서
하늘 우러러 두 손 모아 빈다

생명의 눈물

한반도를 휩쓸고 지나간 태풍
폭우에 빗물 강둑을 넘고 강둑 무너진다
대한민국 물 바다가 되어간다

차가 떠내려가고 가로수가 뽑히고 산도 무너져 내린다
저지대로 밀려드는 빗물,
사람들을 휩쓸어 죽음으로 몰고 간다

땀 흘러 정성껏 키워온 농작물도 폭우가 휩쓸어간다
정성껏 키워온 가축도 강물에 떠내려간다

애통의 울부짖음
허공에 애처롭고 구슬프게 울려 퍼진다

자연의 재난 앞에 망연자실한 생명
탐욕으로 오염시킨 자연의 분노일까
인과응보(因果應報)의 자연의 순리

부모 형제와 재산을 잃어버린 사람들
두려움과 슬픔에 잠 못 이루며 통곡한다
하늘이시여 불쌍히 여기시고 도우소서

하늘 우러러 두 손 모으는 생명의 눈물
강물 되어 떠내려간다

생명의 애착

마취 주사 몸속으로 스며들고
하나, 둘, 셋
불빛이 힘을 잃어간다

살을 가르는 소리
귀에 들려오는 음악 소리에 섞여
날카로운 칼 소리 잠재운다

영혼을 파고든 생명의 애착
두려움과 외로움 속에서 존귀한 생명의 존재를 확인한다

수술 끝난 몸
이동 침대에 실려 병실로 옮긴다

힘 잃은 눈
밖을 바라본다

창가에 내리는 가을비
가랑잎을 안고 떨어진다
인생(人生)의 끝이 머리를 스쳐 지나간다

몸의 감각 되살아나게 하는 간호사의 따뜻한 손

지친 눈꺼풀
따뜻함을 안고 사르르 감는다

생명체(生命體)

지구촌에 치열하게 살아가는 생명체(生命體)
생존경쟁의(生存競爭)
약육강식(弱肉强食)의 먹이사슬 고리의 숙명의 생명들
자연의 순환 순리일까

전쟁과 질병 재난의 끝없은 인생(人生)의 고해(苦海)
고통으로 죽어가며 울부짖은 고통의 신음소리
천지(天地)에 구슬프고 애달프게 울려 퍼진다

과학과 문명 발달한 지구촌
희로애락(喜怒哀樂) 생 속에
생로병사(生老病死)의 인간의 숙명
인간 탐욕의 자연의 순리일까
인간의 죄악(罪惡)에 대한 하늘의 보응(報應)일까

인생의 연극무대
인생의 고해 속에서 희망 꿈꾸며 고난 속의 생
지구촌 사람들 서로 사랑해야
공존할 수 있는 연약한 존재
꿈을 향해 묵묵히 일하는 생명 고귀하고 아름답다

인간의 생명 먹이사슬 고리의 숙명 아닌
서로 사랑해야 하는 우리의 이웃
그윽이 피어오른 한 떨기 맑은 영혼들

하늘이시여,
지구촌의 생명의 공동체
서로 사랑하고 공생하며
평화 누리며 살아가도록 도와주소서
하늘 우러러 두 손 모은 생명들

숙명의 길

내 뜻과 의지 없이 부모에게서 태어났다

기쁨과 슬픔의 인생길
약한 것이 강해지고 모난 곳이 둥글어져 간다

뛰고 넘어지고 만나고 헤어지면서
희로애락(喜怒哀樂)의 생 속에 인생 조금은 깨닫게 한다

고난의 장애물 앞에
좌절의 고통으로 울부짖었던 날들
병든 몸을 일으키기 위한
슬픔과 고통 속에 외로움의 긴 시간
인생은 생의 경험을 통해 성숙하고 성장해가는 것

인생의 고난과 슬픔
시간이 지나면 하늘의 섭리로 해결되어간다
탐욕과 욕망 시기와 질투 사랑과 미움으로 보냈던 세월
때늦은 깨달음으로 지나간 생을 후회하기도 한다

생로병사(生老病死)의 죽음 앞
탐욕과 욕망 멈추고 마음 비우게 한다

사후생(死後生)
하늘이시여,
그윽이 피어오른 한 떨기 맑은 영혼

영생복락(永生福樂) 누리도록 축복하소서

이것이 내가 살아갈 수밖에 없는 나의 숙명의 길

슬픔 자르기

자비와 전능 무지와 연약이 함께 사는 땅
죄악과 구원이 한 십자가에 매달렸다

전쟁과 지진으로 피비린내 가득한 땅
울부짖음을 두고 죽어가는 부모 형제 자식

생사를 선택할 수 없는
폐허 위에서 절망의 싹만 파릇파릇 자라난 땅
지구촌 한지붕 아래
함께 공생해야 공존할 수 있는 우리들의 이웃

만물은 같은 심장으로 살아가며
많은 질병으로부터 치유하며 살아간다
만물이 있어 내가 존재한다

나의 작은 존재를 깨닫는 순간
나는 사랑받아야 할 존재

나무와 바위 생물들은 우리의 친구

폐허의 땅에서 고통으로 절규하며
도움의 손길을 갈망하는 이웃

그들을 구원해야 할 사람
지구촌의 우리

신록의 5월

5월은 계절의 여왕이라 했던가
추위에 움츠리고 숨죽인 생명
생의 활기 마음껏 펼치는 산천초목(山川草木)
잠에서 깨어나 활기차게 약동하는 신록의 오월

산들바람은 초록의 싱그러운 향기 산천(山川)에 뿌린다
산천초목(山川草木)
푸르게 무르익은 신록은 수만 가지의 꽃 피운다
삼라만상(森羅萬象)의
생명의 가슴마다 희망이 피어나는 신록의 5월

탐욕으로 찌든 오염된 세상
신록의 싱그러운 향기로 씻어내고
욕심으로 어두워진 눈 맑은 눈으로 새롭게 태어난다

하늘의 축복이 만물에 이루어지는 신록의 계절 오월

하늘이시여,
삼라만상(森羅萬像)의 생명 아름답게 피어나게 하소서
지구촌이 사랑으로 평화 이루도록 축복하소서

아름다운 영혼

어느 날 수년 만에 걸려온 그리운 사람의 전화
그토록 못 잊어 그리워했던 친구
헤어지던 날 눈물로 밤 지새웠던 아픔의 추억
그 친구 서울로 유학길 떠나고
대학입학시험 앞두고 일어난 참혹한 나의 교통사고
생사 넘나들며 수년 만에 겨우 살아난 생명
평생 휠체어 타고 살아가야 하는
청천벽력같은 가혹한 선고

푸른 하늘 바라보며 생의 열정 불태웠던 젊음의 푸른 꿈
산산이 부서지고 온몸은 멍들고 찢어지고 깨졌다
밤과 낮 쉼 없이 찾아오는 극심한 고통과
도움 없이 살아갈 수 없는 몸
모든 것이 한순간 암흑의 세상으로 변해 버렸다

아름다운 꿈 접으며
야속하고 무정한 하늘 원망했던 수많은 날
아픔과 절망 속에 선택했던 죽음
죽음조차도 내 마음대로 되지 않은
가련하고 참혹한 장애의 인생(人生)

하늘은 왜 이토록 가혹하게 나를 저주하는가
긴 밤 지새우며 방황했던 절망의 어두운 긴 터널
사랑하는 친구 그리워하며 흘린 눈물 베개 흠뻑 적셨다

마음 비우고 내려놓으며 하늘에 소망 걸어놓고
하늘 우러러 두 손 모은 수많은 날
재기 위한 고통 속에 재활의 긴 시간
휠체어에 몸 의지하고 땀 흘리며
숨이 차도록 살아가는 세월
하늘은 내 손잡아 일으켜 남편과 자녀를 선물로 주었다

땅에서 하늘이 축복한 천수(天壽)를 누리고
그윽이 피어오른
한 떨기 맑은 영혼 하늘 향해 날아올라
밤하늘의 빛나는 별 되어 영원히 아름답게 빛나리라

어머니의 기도

총칼 앞
숨죽이며 속수무책으로 끌려간다

죽음의 공포
아비규환(阿鼻叫喚) 속
총알과 포탄 빗발치는 전쟁터
화염은 땅을 쑥대밭으로 만든다

정신이 혼미해 온다
혼신(渾身) 다해
총알과 포탄을 피해 온몸으로 구르고 달렸다
총성이 귀에서 멀어져간다
시냇물 소리 정신을 깨운다

하나님이시여,
죽이고 죽어가는 전쟁터 생의 소망 꿈꾼다
만물의 영장 인간도
생물의 먹이사슬 고리로 살아가야 하는 숙명일까요

군대 간 자식 걱정
밤마다 잠 못 이루시고
걱정으로 긴 밤 지새우신 어머니

새벽마다 목욕재계하시고
장독대에 정화수 떠놓고

자식의 무사 귀환(無事歸還)
하늘에 빌고 빈 어머님의 사랑

하늘도 감동했을까
어머니의 정성 어린 기도 자식 살렸다

인생은 아름다워라

앞산의 새의 노래에 잠을 깨고
아침 맑은 햇살 바라보며 희망을 꿈꾸고
풀잎에 맺힌 아침 맑은 이슬로
지난밤의 목마름을 달랜다

철 따라 개나리 진달래 코스모스
천일홍의 꽃이 웃어주며
마을 앞 실개천 가재와
피라미 키우며 벌거숭이 물 흐르고
저수지에서 물안개 모락모락 피어오르고
철새들 날아드는 고향

하늘의 태양과 빗물과 바람 당겨
텃밭에는 잎이 피고
줄기가 자라고 꽃이 피어 벌과 나비 날아들며
온 대지에 생명 잉태하고 생명을 키우는 푸른 하늘

열매 터트리는 산통의 풍요로운 가을 들녘
생명들 기쁨과 감사의 노래 대지에 울려 퍼진다

하늘의 축복이 땅에서 이루어지는 풍요로운 계절

젊음의 속된 탐욕의 꿈 맑은 햇살에 말리고
마음 비우고 땀 흘리며 추수하니
마음에 풍요 깃들고 만물은 아름답다

하늘 우러러 사랑의 혼에 내 넋을 박고
밤하늘 찬란한 별의 노래에 단잠 이루며
날마다 평화로운 마음으로
하늘의 소망 바라보며
만물 사랑하니 인생(人生) 아름답다

산천(山川) 아름답고 풍요롭고 사랑스럽다
소망으로 아름다운 꿈을 꾸고 사는 나
아름다운 인생(人生)

잊어버리기

오늘도 그녀의 사무실 앞을 지난다
모습 보이지 않는다
궁금함과 염려가 밀려온다

종일 궁금함과 염려 그리움에
손에 일이 잡히지 않는다

잠을 앗아간 밤
몸을 뒤척인다
베개가 흥건하게 젖어있다

잊을 것은 잊어야 한다
함께 했던 시간 잊어버린다
함께했던 추억의 시간들,
피를 철철 흘리며 나뒹군다

피 흘러도 잊을 것은 잊자
저 피들 다시 풀 한 포기로 피어나면
추운 겨울바람으로 얼어버릴 것이다

다시는 저 풀에게
봄을 허락지 않을 것이다
흰 눈으로 덮어 흰 바람으로 휩쓸어서
다시는 봄을 꿈꾸지 않게 할 것이다

만남의 인연
애타는 그리움

피를 토하면 잊을 수 있으리라

자유

새벽 기상나팔 소리
쪽잠에서 몸 일으킨다

긴장되고 우울한 다섯 평의 어둡고 두려운 방
7명 죄수 갇혀 사는 좁은 방
조직폭력, 성폭력, 폭행, 강도, 살인,
긴급조치 위반죄의 죄인들

용의자 신분으로
죄와 무죄 판결받기 위해 대기자의 상태

수많은 사연
억울한 호소의 탄원서와 반성문 방안 떠돈다

오후 30분 운동시간
푸른 하늘 바라보며
억울함과 미움과 원한의 막힌 숨 토해낸다

철조망 넘어 자유의 땅
자유인들 선망의 눈으로 바라본다

어둠은 고통 몰고 오고
원망과 미움 분노의 아픔은 뼈에 사무친다
좁고 어두운 방 심장이 터질 것 같은 가슴 답답한 몸
몸도 자유롭게 움직일 수 없는 좁은 공간

고통의 몸부림 속 잠을 청해본다

꿈속에서 한 줄기 빛 잡는다

푸른 하늘의 빛
자유의 빛을 잡고
푸른 하늘로 날아오른다

천형(天刑)

부모와 자식 형제와 이웃

인류,
한 지붕 아래 한 하늘 섬기며
공존하는 생을 살아가야 할 천륜(天倫)

폐허의 땅 위에서 울부짖는 생명

전범자와 독재자
총칼과 고문
인간 생명의 존엄성 짓밟고 땅에 비극의 씨앗 뿌린다

피 흘리며 고통 속에 죽어간 생명
고통의 신음소리 허공에 애달프고
구슬프게 울려 퍼진다

생명들
함께 호흡하며 공생해야
공존할 수 있는 천륜(天倫)

천륜을 짓밟은 전범자와 독재자
천형(天刑)을 받을 것이다

천륜의 이탈

국화 송이들
자식의 영정사진 에워싼다

자식의 영정(影幀) 앞에서
문상객을 맞이하는 부모

묵묵
머리 숙이고 손만 잡는다

수년간의 병고
다시 고개를 들고 눈시울 적신다

자식의 혼에 부모의 넋 박고 살아온 지난날
천륜이 땅에서 이렇게 빨리 끝날 줄
자식 가슴에 묻는 날
멍한 바람이 멍한 가슴을 온종일 흔든다

깊은 밤잠 못 이루며
뼛속까지 사무치는 그리움
멍든 가슴을 수없이 두드린다

어찌할 수 없는 숙명일까
하루를 물어뜯고 싶은 날

하늘 우러러 하늘에 소망 두고
별 바라보며 두 손 모은다

태풍 후의 고요

폭우 동반하고 거세게 불어오는 태풍
강둑 넘는 강물 강둑 무너뜨린다

땅의 모든 것 집어삼키는 강물

물에 잠긴 저지대
사람과 가축 농산물 떠내려간다

두려움에 떨고 있는 살아남은 생명
부모 형제 주검 앞 오열한다
오열의 눈물 강물에 흘러간다

태풍이 휩쓸고 간 폐허의 땅

하늘 우러러 고개 숙이는 살아남은 생명

새날이 밝아오고
실바람 먹구름 실어 나르고
햇살은 땅을 말리고
초록을 키우며
새날은 소망으로 익어간다

새 생명 잉태하고
나뭇가지 새싹 움튼다

저 태풍 후의 고요

살아남은 생명
아픔을 삼키며
무너진 강둑 파괴된 다리 복구 분주하다

재난의 참상 앞 불쌍한 생명
하늘이시여, 그들을 도우소서
산자들 숨죽이며 생존 향해 새로운 발걸음 옮긴다

푸른 하늘 보라

지구촌에 끝없이 일어나는 전쟁과 재난 사고와 질병
20세기 인류의 아름다운 꿈 가혹하게 짓밟고 있다

전범자와 독재자의 탐욕과 인간의 이기주의
날아드는 미사일과 폭탄과 총알
집이 파괴되고 건물들 불탔다
사체가 길거리에 널려있고
팔다리 잘려나간 생명의 고통의 울부짖는 소리
오염된 지구촌의 폭염(暴炎), 폭우(暴雨),
폭한(暴寒)과 폭설(暴雪)

전쟁과 재난이 휩쓸고 지나간 폐허의 땅
처참하게 죽어간 생명들의
고통의 울부짖음 허공에 구슬프게 울려 퍼진다
부모 형제의 죽음 앞에
멍든 가슴 두드리며 슬픔으로 절규하는 천륜

오호라 고통과 슬픔의 인생
고통의 아픔 목으로 삼키며 하늘 우러러 두 손 모은다

하늘은 태양과 바람과 빗물 땅에 뿌리고
땅에 새싹 움트고 꺾인 가지에도 푸른 싹이 돋아난다
상한 갈대도 꺾지 않고 꺼져가는
등불도 끄지 않은 하늘이시여
인간의 속된 욕망과 탐욕 뜨거운 햇살에 태우소서

인생의 슬픔이 변하여 기쁨 되게 하시고,
절망은 희망으로 바꾸어 주소서
생로병사(生老病死)로 죽어가는 인간의 숙명
지구촌의 고통과 슬픔 이제 거두소서
전쟁과 재난 슬픔 몰아내고 사랑으로
지구촌 인류 구원하소서

한 떨기 꽃처럼 맑게 피어오른 영혼
하늘이시여, 참된 안식과 평화 누리도록 허락하소서
하늘 우러러 두 손 모은 생명의 소망을 이루어 주소서

하늘로 보낸 편지

생존의 주어진 생에 감겨 살았다
진학의 꿈도 꾸지 못하고 잊고 살아간 일상

어느 날 이웃집 소녀
내 손에 살포시 쥐어 준 강의록 책 몇 권과 지폐 몇 장

소녀의 정성과 기도
하늘은 그 책으로 공부할 기회를 허락

몇 년 후 그 소녀 찾았다
소녀는 이 땅에 없었다

어린 나이 공장일이 힘들었을까
계모와의 삶이 외로웠을까
배움을 포기한 생의 좌절이었을까
어머니가 보고파 하늘나라로 빨리 떠났을까
계모는 병으로 세상을 떠났다고 한다

함께 걸어가던 추억의 강둑 길 하염없이 걸었다
선물은 강물에 띄워 보내고
고마움의 마음 바람에 실어 하늘나라 보냈다

밝은 별 하나 허공을 맴돌고 있다
소녀일 것 같아 손 흔들어 주었다
소녀에 대한 그리움은 가슴 깊이 사무쳐온다

추억 돌아보며 한참을 울었다
돌아서는 발걸음 한없이 무거웠다

하늘이시여, 소녀의 영생 복락 도우소서
하늘 우러러 두 손 모았다

하늘의 소리

가슴을 치며 하늘 우러러본다
잘못 배우고 잘못 산 대가일까

서울과 전라도 경상도 충청도 강원도
촛불과 태극기가 싸우는 소리
대한민국 땅을 흔들고 있다

지구 상에 유일한 분단국가
동족상잔의 비극 부모 형제 총칼로 죽인 나라
부모 형제에게 총칼을 겨누며 적으로 살아가는 나라

외국 세력에 의해 분단된 국가
통일도 외국 세력의 도움이 있어야 하는 대한민국

우리가 적이냐
가슴을 찢고 네 혼에 내 넋을 박고
거짓 위정자에 속지 말고 진심과 사랑으로 말해보자

천륜 져 버리고 적 되어 총칼 겨누며 살아가는 민족
부모 형제 천륜의 그리움 가슴에 안고
하늘나라로 떠나가는 이산가족 한(恨)의 절규

조국의 수호와 자유를 위해 싸우다
피 흘리며 죽어간 영혼들
영면에 들지 못하고 하늘 떠돌며 지켜보고 있다

한민족 천륜(天倫)
하늘이시여, 한민족의 평화 통일 이루어 주소서
피 흘리며 죽어간 영혼들의 간절한 기도
대한민국의 평화와 통일의 그 날 지켜보고 있다

하얀 집

황금 물결 일렁이는 들녘
주렁주렁 열린 과수원을 길을 달려
산자락 밑 요양병원 도착했다
병실은 백발들 줄지어 누웠다

병실에서 누나를 만났다
당신의 몸 홀로 지탱할 수 없어 정든 고향 지우고
타향서 타인 손에 당신의 생 맡겼다

형제들 물끄러미 바라보는 눈
눈가에 이슬이 맺힌다
서로 잡은 손 약한 온기 흐른다

여덟 자식 키워낸 그 강인함은 어디로 갔을까
고향으로 돌아가는 소원은 옛이야기로 변해가고 있다

다시 만날 기약 없이 돌아서는 발걸음
낯선 백발 하나가 혼을 흔들고 있다
울컥하는 아픈 마음
뜨거운 눈물 되어 볼에 흐른다
손을 흔들러 답하는 손 차마 내리지 못한다

돌아서는 발걸음
가슴이 멍하고 아프게 저려 온다

하늘이시여,
불쌍히 여겨 주시여 구원해 주소서
푸른 하늘 우러러 두 손 모은다

황혼(黃昏)의 꿈

모두 떠나간 빈자리
홀로 앉아 서산 바라본다
하루 숨 가쁘게 달려온 태양
서산의 나무에 휴식 취하고 있다
나무에 매달려있는 단풍 몇 잎
석양을 안고 눈부시게 빛난다
한 생애 끝자락
열정을 다해 몸을 불태우고 있다

한 생애 돌아본다
치열한 몸부림으로 살아온 생
치열한 경쟁과 시기 사랑과 미움 슬픔과 기쁨
희망과 절망 얼룩진 나의 한 생애

황혼(黃昏)의 생
마음 비우고 내려놓으니 만물 아름답다

만물의 혼에 내 넋을 박고
만물 사랑하며 살아가리라

3부

사랑의 힘

감사의 능력

범사에 감사하라
감사는 아름답고 풍요로운 인생(人生)의 길
감사는 영육(靈肉) 간의 생을 보약보다
더 강건하게 하는 효능이 있다
감사는 최고의 항암제요, 해독제요, 방부제란다,
존 헨리 박사의 말

해롤드 쾨니히와 데이비드 라슨
두 의사의 실험연구 결과,
감사하는 사람은 감사하지 않는 사람보다
평균 7년을 더 오래 산다고 한다

『탈무드』에 "감사하며 살아가는 사람이 가장 행복한 사람 지혜 있는 사람이다." 아리스토텔레스는 "행복은 감사하는 사람의 것이다." 타고르는 "감사의 분량이 행복의 분량이다." 빌헬름 윌러는 "가장 행복한 사람은 가장 많이 감사하는 사람이다."

우리는 성경에서
하나님이 범사에 감사하라 말씀하셨으니
모든 일에 감사하며 사는 것은 성도의 본분이다

생각을 조금만 깊이 하면 모든 것에 감사할 일뿐이다
우리가 먹고 마시고 입고 잠 잘 수 있는 환경
건강과 일터를 가지고 사는 것도 감사한 일이다

우리의 모든 삶이 이웃의 헌신과 희생으로 살아간다
비와 바람과 태양 하늘의 섭리를 기억하면
감사는 사람의 본분이다

구원

인간의 육체와 영혼의 생과 사(生死)
육체는 한번 태어나 한번 죽은 것은 정해진 일

인간(人間) 죄를 범하는 연약한 존재
인간의 마음속 죄악의 씨앗 숨어있다

인간의 인내의 능력의 한계
선을 행하고 싶은데 악을 행한다
아름답게 살고 싶은데 추한 생을 산다

내가 내 뜻대로 내 인생 살아가지 못한다
한치 미래도 알 수 없는 무지한 존재

누구의 도움을 받아야 살아갈 수 있는 연약한 생명
인간은 믿고 의지할 존재가 되지 못하고
사랑해야 할 존재

십자가에 달리신 예수님에 대한 성경 말씀
그 사건을 믿는 자에게
구원의 은혜가 임한다는 성경의 기록

하나님의 자비로 베풀어주신 선물
죄인을 의인의 신분으로 바꿔 주기 위한 하나님의 은혜
사후 심판대 앞 생명책에 기록되어
구원으로 형벌을 면한다는 기록

성령이 우리와 함께하셔서
성령의 능력으로 죄악을 물리치고
믿는 자 선을 행하며 살아갈 수 있는 능력 주신다

인간의 삶에서 가장 소중한 죽음에서
생명으로 구원한 사랑의 은혜

하나님의 사랑
십자가에 예수님 죽음의 도
믿는 자에게 임하는 영혼의 생명 살리는 구원의 은혜

구원의 소리

새벽
대지를 적시는 빗방울 소리

대지의 생명
희망의 새벽을 깨운다

실개천에 물 흐르고
소생하는 생명의 숨소리에 대지에 진동한다

메마른 대지에 물이 흐르고
생명 소생(蘇生)한다

빗방울 소리
생명을 살리는 구원의 소리

겸손하게 낮은 곳으로만 흐르며
길 막은 장애물은 길 양보하고 돌아가며
낮은 곳에 소외되어 죽어가는 생명 살린다

물
지구촌 먹여 살리는 생명의 젖줄

사랑의 힘

사랑은 가장 아름답고 힘 있는 능력입니다
사랑은 죽을 자도 살립니다
사랑은 나의 유익보다 상대의 유익을 먼저 구합니다
사랑은 이웃의 잘못을 인내하고 용서한다
사랑은 남을 배려하고 긍휼히 여긴다
사랑은 무례히 행치 않습니다
사랑은 교만하지 않습니다
사랑은 모든 것을 참으며
모든 것을 믿으며 모든 것을 바라며 모든 것을 견딥니다

천사를 말을 할지라도 사랑이 없으면
소리 나는 구리와 울리는 꽹과리가 됩니다

모든 열매 중에 사랑의 열매가 제일입니다
사랑은 세상에 평화와 구원을 줍니다
사랑은 원수까지 용서하고 사랑합니다
사랑은 이웃의 모든 허물을 덮어 줍니다
모든 것을 다 내어주어도 사랑이 없으면
아무것도 아닙니다

땅에서의 삶이 끝나는 날
사랑과 미움
선과 악 하늘의 심판대 앞에 우리 모두 서게 됩니다
사랑 안에서 행 한자는 영생과 부활의 길로
미움과 악을 행 한자 영원한 멸망의 길로 인도됩니다

기도의 능력

쉬지 말고 기도하라
기도는 능력의 근본입니다
기도는 그리스도인의 호흡이요,
하나님과의 소통의 통로입니다
기도는 내 목소리가 하늘에 상달됩니다
기도하는 사람은 하나님을 믿고 인정하는 사람입니다
기도하는 사람은 사람을 두려워하지 않고
겸손하고 담대한 사람입니다
기도하는 사람은 하나님을 후원자로 두기에 걱정이나
근심을 하지 않습니다
기도하는 사람은 하나님께서 기뻐하실 일을 압니다
기도하는 사람은 마음에 참 편안을 누립니다
기도하는 사람은 이웃을 위해
기도하는 것을 기뻐합니다
기도하는 사람은 마음이 겸손하고 온유하며 인내합니다
기도하는 사람은 일할 때 하나님께 묻고
하나님의 뜻에 따라 일하려고 노력합니다
기도하는 사람은 응답을 믿고 구합니다
내 필요보다 하나님의 영광을
먼저 헤아려보고 구합니다

성경 말씀
"할 수 있거든이 무슨 말이냐. 믿는 자에게 능치 못할 일
이 없느니라. 능력 주시는 자 안에서 내가 모든 것을 할
수 있느니라."

기도할 수 있는데 왜 염려하십니까
기도는 성령님께서 갈 길을 밝게 밝혀 줍니다

기도는 우리의 생각과 능력의 한계를 뛰어넘는
능력과 지혜를 주십니다
기도하는 사람은 믿음과 소망 사랑 안에 거합니다
기도는 우리 앞에 장애물을 뛰어넘어
기적으로 인간의 한계를 초월한
아름다운 승리의 생을 이루어 줍니다

말의 힘

말에 실수가 없는 자
온전한 사람이라 성경에서도 말하고 있다

무심코 던진 말 하나 행복과 불행 씨앗 된다

희망의 한마디 말
좌절을 희망으로 바꾸는 말의 씨앗 된다

감사의 한마디 말
삶을 풍요롭고 아름답게 만들어간다

한마디의 말의 씨앗
사람을 살리기도 하고 죽이기도 하는 생명의 씨앗 된다

진실과 사랑의 한마디 말
마음에 사랑으로 뿌리내리고 아름답게 성장해간다

우리의 일상의 삶 속에서
고맙습니다
미안합니다
덕분입니다
응원합니다
사랑합니다
이런 말속에
희망과 배려 용서와 아름다움이 있고

사랑을 이루어 나가는 말의 씨앗은
대자연에 생명의 푸른 싹이 나오듯
우리 마음속 아름다운 사랑의
푸른 씨앗 싹트고 자라서
사랑의 아름다운 열매를 맺습니다

사랑의 열매
이웃에게 희망을 주고 생명을 살리는 힘입니다

믿음의 능력

어린아이는 본능적으로 엄마의 젖을 빤다
표현하지 못하지만 엄마를 믿는다
부모의 품에서 편안과 안식을 누리며 자란다
부모는 자신이 원하는 것을
다 해줄 수 있는 사람으로 믿는다

성장해서 어른이 되어가면서
부모의 능력의 한계를 알게 됩니다
인간은 자신의 능력의 한계 앞에서
멈출 수밖에 없습니다
믿음이 그 한계를 넘어갈 수 있습니다

생로병사(生老病死) 죽음의 앞
누군가의 도움 없이는 죽음을 해결할 수 없음을
깨닫게 됩니다
죽음의 한계를 넘어가기 위해
누군가의 힘을 빌려야 한다

믿음의 눈으로 바라보고 전능하신 창조주의 하나님
그분을 신뢰하고 믿어야 한다는 것을 깨닫게 됩니다
죽음 앞에서 믿음은 용기를 얻어
다시 일어서려고 노력합니다

믿음은 절망 속에서도 희망을 바라봅니다
믿음은 삶을 승리로 이끌어간다

믿음은 편안과 안식을 줍니다

성경에서 믿음으로
꿈을 이룬 믿음의 선진들을 봅니다
자손과 땅을 주시 겠다는 말을 믿음으로
믿고 살아간 아브라함
방주를 준비하라는 말을 믿고 순종한 노아의 생

믿음은 바라는 것들의 실상이요
보지 못하는 것들의 증거니
선지자들이 이로써 증거를 얻었노라
진실한 믿음은 기적을 불러온다

생명의 희망

만물을 얼리는 겨울한파
따뜻한 봄 기다리는 고통의 기나긴 시간 인내하는 생명

겨울이 깊을수록 봄 가까이 오고
어둠 깊을수록 새벽은 가까이 온다
앙상한 가지에 겨울한파의 차가운 바람 불 때마다
땅속 깊이 뿌리내리는 생명의 힘

지구촌 끝없는 전쟁과 재난 질병과
사고 속 고해(苦海)의 인생(人生)

죄악으로 얼룩진 지구촌
울부짖은 고통의 신음소리
허공에 애달프고 구슬프게 울려 퍼진다

인간 탐욕의 인과응보(因果應報)
씨 뿌린 대로 거두는 하늘의 섭리
눈물을 흘리며 씨를 뿌리는 자
기쁨으로 단을 거두리라
전범자와 독재자가 땅에 뿌린 악한 씨앗
악한 열매 거두어 먹으며 죽으리라

고통의 어두운 긴 터널 속의 생명들
하늘 우러러 소망 바라보며 살아가는 인간(人間)
세속의 흐름에 조용히 물결치는 땅

작은 빗방울에 몸 씻은 풀잎처럼
실오리 같은 소망의 미풍에 인생의 슬픔 씻어낸다

발은 땅을 디고 살아도 하늘의 별 바라보며
하늘에서 들려오는 소망의 노래 들으며
꽃향기처럼 그윽이 피어오른
한 떨기 아름다운 맑은 영혼
하늘이시여 영생 복락 도와주소서

소망의 땅

인간들의 끝없은 탐욕과 욕망
총칼과 미사일 앞에 죽어가는 부모와 형제 이웃

폐허로 변한 땅
길거리에 사체 널려있고 팔다리 잘린 생명들
처절한 고통의 신음소리
허공에 애달프고 구슬프게 울려 퍼진다

쓰레기 더미 위에서 먹을 것 찾은 살아남은 자
벌거벗은 몸 상처로 얼룩졌다

지구촌 한 지붕 아래 한 가족
함께 숨 쉬며 살아가는 이웃

인간의 연약함을 깨달은 순간
사랑받아야 살아갈 수 있는 연약한 존재

서로 사랑하며 살아가야 하는 지구촌에 공동체
지구촌 우리 부모와 형제 이웃이며 친구

전쟁과 재난 끝없이 계속되는 지구촌
전범자와 독재자들 세속의 속된 욕망,
푸른 하늘의 햇살에 말리자
파멸의 악한 탐욕 불사르고 공생의 사랑나무 심자

폐허의 땅에 꽃피고 사랑의 열매 맺을 때
지구촌에 평화와 행복 찾아오도록

하늘이시여, 도우소서
두 손 모은 산 자들의 간절한 기도

십자가의 능력

교회 지붕 위에 높이 서 있는 십자가

붉은 피 흐르는 십자가
피의 빛은 어둠 밀어낸다

십자가에서 사랑의 꽃 피어난다
바람 타고 세상으로 퍼져가는 사랑의 향기

믿음으로 바라본 십자가
사랑의 향기 가슴속으로 파고 든다

세상 죄 대신 지신 예수님의 십자가
은혜로 마음속에 사랑이 차고 넘쳐 흐른다

교만한 마음
겸손한 마음으로
생노병사(生老病死)로 인간의 육체의 생명
한계 깨닫는다

미움이 사랑으로
원수가 친구로
슬픔과 고통이 기쁨과 소망으로 밝아온다

내 영혼 감사와 기쁨으로 가득 채워진다
온몸에 편안과 안식 깃든다

새 생명 주신 구원의 십자가
영생과 부활의 소망

한 떨기 그윽이 피어오른 맑은 영혼
사랑의 십자가 소망으로 밝게 떠오른다

하늘나라에서 영생 복락 (永生 福樂) 누리리라

희망의 빛

영원한 행복의 꿈
날마다 찾아 헤맨다

찬란하게 떠오르는 태양
절망의 어둠 밀어내는 희망의 빛

찬란하고 아름다운 자연
창조주의 고귀한 선물

희망 찾아 헤매는 아침
희로애락(喜怒哀樂) 속에
죽고 죽이는 미움과 악으로 가득한 지구촌

죽음보다 강한 사랑
인간의 최고선 평화를 사랑으로 이루자
지구촌이 공존할 수 있는 길

너와 나의 만남
영혼과 영혼의 만남
너의 혼에 내 넋을 박자
불꽃 튀기는 영혼의 만남
찬란한 사랑의 영혼의 빛
우리 모두 하나 되어
그윽이 피어오른 한 떨기 맑은 영혼

죽음 물리치는 영원한 생명의 빛
지구촌에 평화 이루어 내는 희망의 불꽃

하늘이시여,
지구촌 구원하는
사랑의 빛으로 평화 이루도록 도와주소서
영원한 생명의 빛으로 세상을 충만하게 채우소서

희망의 집

언덕 위에 교회가 자리 잡고 있다
허름한 벽 퇴색한 지붕 위에 십자가 서 있다

교회 앞 실개천에 작은 물고기 몇 마리
지느러미 흔들며 평화롭게 노닌다

코스모스 꽃 위로 벌과 나비 평화롭게 날고
잠자리는 하늘 허공 자유로이 비행하고 있다

하늘의 축복 땅에서 이루어지는
풍요로운 수확의 계절
농부의 땀에 보답한 하늘의 섭리
오곡백과(五穀百果) 산통 터트리는
하늘의 풍요로운 선물
산통의 향기 온 누리에 흘러넘친다

교회에서 울려 퍼지는 평화의 종소리
수고하고 무거운 짐 진자들 다 나와서
염려와 짐 내려놓으라

황금 들녘에서 일하던 농부 땀 닦으며
교회로 발걸음 옮긴다
마을 앞 정자에 둘러앉아 정담을 나누던
사람들도 교회로 발걸음 옮긴다

그윽이 피어오른 꽃의 향기처럼
은은히 울려 퍼지는 찬송가

지붕 위 예수님 보혈의 십자가
믿음은 구원의 선물

두 손 모은 간절한 기도
예수님의 십자가 혼에 내 넋을 박고
새 생명으로 다시 태어난다
그윽이 피어오른 한 떨기 맑은 영혼

예수님의 부활 죽음을 이겼다
겨울의 매서운 한파 속에서도
따뜻한 새봄 생명 잉태와 부활 꿈꾸는 소망의 집

새로운 잉태

하늘은 세상에 나를 왜 태어나게 하고
나를 세상에서 왜 버렸을까

아버지는 내 희망 들어주지 못하고
내 어린 나이에 하늘나라 떠나셨다

진학의 꿈 접고 살기 위해 일상에 매여 살던 나
희망이 보이지 않은 어둠의 긴 터널 속에서
절망으로 가고 있었다
절망은 나를 죽음의 높은 벼랑으로 끌고 갔다
눈 감고 높은 벼랑 에서 떨어졌다
눈뜨니 병원 입원실

망연자실한 홀어머니의 참담한 모습
슬픔에 쌓여있는 가족들

병원 창밖의 정원
새벽이슬에 목마름을 달래고 있는 풀잎들
할미꽃 한그루 무엇을 위해 고개 숙여 기도하고 있을까

하늘 우러러 두 손 모은 어머니의 간절한 기도
하늘도 감동 했을까

하늘 내 마음에 희망의 촛불 밝혀 준다
떠오르는 태양은 희망의 빛으로 피어오른다

그윽이 피어오른 한 떨기 맑은 영혼
희망의 꽃으로 아름답게 피어오른다

가족의 상봉

봄과 여름 익어 열매 맺어 산통을 터트리는 가을
하늘의 축복 땅에서 이루어지는 풍요로운 계절

먼 길 달려온 천륜
밥상 앞에 함께 앉았다
오고 가는 정담 속에 밤도 익어간다
웃음꽃 집안을 가득 채운다
손자 재롱에 크게 한번 웃는 할아버지
꼭꼭 숨겨둔 비상금 주책없이 고개 내민다

그토록 가상한 용기
천륜의 연민
피란 놈이 물보다 진했나 보다

주고 주어도 더 주지 못해 아쉬운 부모의 마음

추석 연휴는 빨리도 지나간다
떠나가는 자손들 뒷모습 바라보며
눈가에 이슬 맺힌 노부모

천륜 떠나간 빈자리
그리움과 아쉬움 집안을 떠돈다

앞산 바라보며 자손 기다리는 천륜
훗날의 만남 기약하는 외로움의 긴 시간
외로움 속에 미래 만남의 소망 익어간다

감사한 하루

알람 소리 곤한 새벽 깨운다
시원한 물로 정신 깨우고 새로운 하루 시작한다

이른 아침 눈 내리고 안개 낀 도로
매서운 추위 도로가 빙판길이다

도로에 충돌사고 차들이 줄지어 서 있고
도로에 진한 피 흐른다
막힌 빙판 도로에서 긴장의 시간은 흘러간다

손은 땀에 젖고
공포 몰려온다
공포 속 목적지에 도착하여 안도의 한숨 토해낸다

예기치 못한 사고와
재난 질병 신종 바이러스 창궐(猖獗)
지구촌이 하루에 수천 명씩 고통 속에 죽어가고
생사의 헤매며 병원에서 고통의 긴 시간 보내는 생명

지구촌의 생명 죽음의 공포에 쫓기며 살아가는 나날들
과학과 문명의 민낯을 본다

모든 것이 불확실한 일상
내일이란 불확실한 미지의 미래
하늘이 예비한 비밀의 시간을 희망으로 기다린다

무사한 하루에 감사하며
나에게 주어진 생애
젊은 날에 속된 욕망 햇살에 말린다
황혼의 열정 불태우며 부끄러움 없는 생
하늘 우러러 두 손 모은다

그리움이 흐르는 밤

잠 못 이루는 밤
너의 모습 내 마음 가득 채운다
시간이 흘러도 잊혀지지 않는 너와의 추억
그리움은 날이 갈수록 가슴 깊은 곳에 더욱 사무친다

너무 멀어 그리움도 찾아갈 수 없고
그리움의 사연 실은 바람도 가다 말고 멈춘다

사랑의 무게 만큼 깊어지는 그리움
아무리 시간을 지워도 그리움 남아
무성하게 피어나는 그리운 너의 모습

검은 연기 하늘을 불태워도
하늘은 눈 시리게 푸르다

맑은 밤하늘 별 하나가 자네일 것 같아
자네와의 추억을 더듬으며
함께했던 지난날들 회상해보네

자네는 내가 슬플 때 나를 안고 한없이 울었지
내가 필요로 한 것은
나를 위해 소중한 것도 아끼지 않았던 자네
하늘나라에서는 울지 말고 웃고 살게

자네의 선한 마음의 영혼

슬픔도 외로움도 없는 하늘나라 별 되어
아름답게 빛나리라 믿네

우리 훗날 하늘나라 별 되어 다시 만나
못다 한 이야기는 그날에 나누기로 하세

땅에 좋은 씨앗 심자

험난한 이 세상 큰소리 내어
한바탕 울고 빈손으로 태어났다
세상에서 뛰고 넘어지고 부딪치고 깨지고
사랑하고 미워하며 울고 웃으며
얼기고 설긴생 한올 한올 풀어가며 살아가는 인생(人生)

우리 이 세상 한바탕 연극 끝나면
이 땅 떠나가야 하는 나그네

부모와 자식 연인과 형제와 친구
모두 내 곁을 떠나간다

여름의 속된 탐욕 뜨거운 햇살에 말리며
이 세상 무거운 육체의 짐 훨훨 벗어 버리고
내가 가진 소중한 것들 땅에 좋은 씨앗으로 심자
비바람 태양 끌어당겨 싹이 나고 꽃피고 열매 맺어
두배 열배 수확하여 이 땅에 남은 후손에 물어주자
모두 빈손으로 왔으니
빈손으로 떠나가는 것 하늘의 섭리

땅에 뿌린 씨앗 기쁨으로 바라보며 떠나가는 우리
한 떨기 그윽이 피어오른 맑은 영혼
하늘 향해 훨훨 날아올라
하늘나라 찬란한 별 되어
영원히 아름답게 이 땅 비추리라

우리가 머물다 간 자리

펴 낸 날   2023년 7월 28일

지 은 이   강기수
펴 낸 이   이기성
편집팀장   이윤숙
기획편집   이지희, 윤가영, 서해주
표지디자인 이지희
책임마케팅 강보현, 김성욱
펴 낸 곳   도서출판 생각나눔
출판등록   제 2018-000288호
주   소   경기 고양시 덕양구 청초로 66, 덕은리버워크 B동 1708호, 1709호
전   화   02-325-5100
팩   스   02-325-5101
홈페이지   www.생각나눔.kr
이 메 일   bookmain@think-book.com

• 책값은 표지 뒷면에 표기되어 있습니다.
  ISBN 979-11-7048-584-1(03810)